KB134270

유식한
바보

권병우 수상록(隨想錄)

유식한 바보

초판 1쇄 인쇄일 2024년 4월 10일
초판 1쇄 발행일 2024년 4월 20일

지은이 권병우
펴낸이 양옥매
디자인 송다희 표지혜
교 정 조준경
마케팅 송용호

펴낸곳 도서출판 책과나무
출판등록 제2012-000376
주소 서울특별시 마포구 방울내로 79 이노빌딩 302호
대표전화 02.372.1537 **팩스** 02.372.1538
이메일 booknamu2007@naver.com
홈페이지 www.booknamu.com
ISBN 979-11-6752-463-8 (03810)

권병우 수상록(隨想錄)

유식한
바보

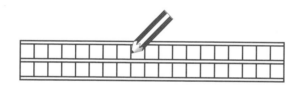

책과나무

프롤로그

사람은 죽는 순간까지 불완전한 상태로 간다. 평생 배워 가며 경륜과 지혜를 쌓아 지식의 보루를 만들어 가며 성장한다. 그래서 사람은 미완성이다. 사람이 특별한 존재인 이유는 웃을 수 있고, 사랑할 수 있기 때문이다. 절망 속에서도 사람은 희망의 끈을 놓지 않는다. 시련 속에서도 포기하지 않고 끝내 성취한다.

영원히 행복한 인생도 없고, 마냥 고통스럽기만 한 인생도 없다. 몇날 며칠 배를 때리던 폭풍우도 어느 날 아침엔 투명한 태양이 모두 거둬 낸다. 고비를 넘으면 평온이 오고 오늘이 지나면 또 내일이 온다. 인생도 져야지만 다음 날 다시 뜨는 태양과 같다. 초심을 잃지 않고 삶의 순리를 믿으면, 그렇게 순리대로 원만하게 살면 행복이 온다.

소통을 통해 대인관계를 원활히 하면 삶의 질이 높아지고, 자기의 생활관이 정립된다. 내가 두 번째 수필집을 쓰게 된 이유이기도 하다. 물질이 사람의 영혼까지 사고파는 세상, 도덕과 가치의 기준은 흔들리고 돈이면 뭐든지 할 수 있다고 사람들은 믿는다. 이 현실이 안타깝기만 하다. 시대정신에 대해 많은 사람들이 말한다.

필자는 우리 사회의 최대 화두가 '인간성 회복'이라고 생각한다.

독자들이 이 책을 읽고 삶의 가치와 생활의 지혜를 얻었으면 한다. 그리고 책장을 넘길 때마다 나뭇잎이 흔들리는 오솔길을 순례하듯 인간의 가치와 사랑하는 마음도 얻었으면 좋겠다. 세대를 넘어 살벌한 사생결단 논쟁과 대결을 넘어 오직 사랑으로 서로의 부족함을 채웠으면 좋겠다.

이 책의 소재는 모두 나의 삶에서 퍼 올린 것들이다. 누구나 부담 없이 읽을 수 있도록 썼다. 책 어느 곳을 펴도 쉽게 읽을 수 있도록 구성했다. 마음 가는 대로 펼쳐서 읽었으면 좋겠다. 나는 이 책이 아침에 차를 마시는 베란다 테이블이나 거실, 또는 당신의 가방 안에 있었으면 좋겠다. 하룻밤에 몰아서 읽는 책이 아니고 아침에 한 편을 잃고 좋은 생각을 하며 하루를 시작하는 데에 도움이 되길 바라기 때문이다.

모쪼록 읽을수록 신이 나고 살맛 났으면 좋겠다. 아름다운 글은 아니지만 내 작은 손짓에도 당신의 심장이 약간 따뜻해졌으면 좋겠다.

2024년 4월 권병우 드림

3부 　잘 안다고 생각하는 것들에 대해

1부

그 사람 내 사람

그 사람, 끌리는 사람

●

차 한잔하자 전화하면 기왕이면 밥도 먹자고 말하는 친구가 있다. 사소한 인사 한마디에 행복 에너지를 가득 담아 건네는 사람들이 있다. 다정다감한 미소에 겸손하면서도 예의가 발라 언제나 차분한 대화를 나눌 수 있는 사람. 그런 사람이 끌리는 사람이다. 세상엔 주는 것 없이 미운 사람이 있는가 하면, 한 번만 만나도 호감이 생겨 만나고 싶은 충동이 생기는 사람이 있다.

곁에 있기만 해도 기분이 좋아지고, 시냇물이 흘러가듯 자연스럽고 편하게 대화를 나눌 수 있는 사람. 헤어질 땐 다시 만날 날이 기다려지는 사람 말이다. 모두들 자신의 이해관계를 중심으로 이합집산 하는 시대에 이런 사람은 벗과 이웃에 대한 배려까지 몸에 배어 있다. 수십 년 반복된 행동이 그 사람의 품성을 만들고, 그 품성이 변하지 않을 때 그것은 그이의 인격이 된다.

사람들은 상대의 취미, 습관과 재산, 성격 등 여러 가지를 보고 사귄다. 그런데 일단 말이 잘 통하는 사람에게 끌리게 된다. 그리고 시간이 지나 그 사람의 성실함과 따뜻한 본성까지 알게 되면 더욱 매료된다. 성질이 온화하고 성품이 반듯하고 생활력이 강하고 취미가 비슷한 사람이면 사귈 만한 사람이다. 차 한 잔을 마셔도 마음이 편하고 미소로 친밀감을 더해 가는 사람이라면 오래 곁에 두고 소중히 간직해야 할 벗이다.

보통 50대가 되면 평생 지란지교(芝蘭之交)를 꿈꾸는 벗으로 남기고 싶은 사람을 자주 생각하게 된다. 50대를 넘어 만년기(晩年期)의 우정에는 30, 40대의 삶과는 뚜렷한 차이가 있다. 인간관계를 방만하게 맺어 왔던 젊은 시절과 달리 장년을 넘어서면 인간관계에도 변화가 찾아오기 때문이다.

이 변화는 주로 은퇴 이후에 찾아온다. 은퇴 전엔 입안의 혀처럼 모든 것을 다 해 줄 듯 잘해 주던 사람이 은퇴 이후에 연락을 끊기도 한다. 어떤 이는 경제적으로 추락하기도 한다. 이 과정에서 인간관계는 자연스럽게 축소된다. 자연스럽게 기질이 맞고 취미가 비슷하거나 정서가 맞으면 좋은 친구가 된다.

곁에 있기만 해도 마음이 편해지고 언제라도 보고 싶은 사람이 있다면 무한한 행복을 얻을 수 있다. 마음이 호수처럼 맑아 앞뒤가 같고 가식이 없어 늘 깨끗한 사람이라면 평생의 벗으로 사귀어야 한다. 약속 없이 늦은 밤 만나도 대화의 소재가 바닥나지 않고 이야기가 소소한 대화가 더 즐거운 사람이라면 더할 나위 없다. 오래도록 함께 걷고 싶은 벗을 선별하기 전에 자신에게 물어야 할 것이 있다. 그것은 바로 나 역시 타인에게 그런 벗인가 하는 점이다.

언제나 처음처럼

우리는 '초지일관(初志一貫)'이라는 말을 자주 사용하지만, 쉽지 않은 일이다. 처음 마음을 수십 년 또는 평생을 유지한다는 것은 매우 어렵다. 한 영역에서 일가(一家)를 이룬 사람들의 공통점은 일에 대한 원칙을 세우고 이를 철저히 지킨다는 것이다. 하나의 일에 평생을 매진하는 것도 쉽지 않지만, 첫 마음 그대로 긴장을 유지하는 것은 더욱 어려운 일이다.

사업이 수월해지면 관성(慣性)이 생긴다. 이 유혹은 매일 꼭두새벽 뼈를 고아 육수를 우려내던 곰탕집 사장에게도 찾아오고, 새벽 훈련을 거르지 않고 술은 입에도 대지 않았던 프로 운동선수에게도 찾아온다. 처음에는 육수를 고아 내는 시간을 줄이고, 그런데도 장사가 잘되면 직원을 시킨다. 운동선수는 경기가 없는 날 술을 한두 잔 하다 결국 경기 전날에도 술을 입에 대게 된다. 사람의 몸과 정신은 애초 편한 것을 찾도록 설계되어 있다. 늘 처음처럼 활동하기 위해선 매일 결심해야 한다.

올해로 88세가 되었지만, 예전과 다름없이 연기 활동을 하고 있는 배우 신구(1936년생)는 연극으로 데뷔한 지 61년이 지난 원로다. 언젠가 한 라디오 프로그램에 출연했던 그에게 앵커가 물었다. "어떻게 그렇게 오랜 세월 외도를 하지 않고 연기만을 할 수 있었습니까?" 그는 이렇게 답했다.

"연기만 해서 다른 것 할 수 있는 것이 없었고, 배가 너무 고파 일용직 잡부 일이라도 할라치면 연습을 그 시간만큼 하지 못해 금방 티가 나서 하지 못했다."

그가 아직도 지키고 있는 두 가지 원칙이 있다고 했다. 하나는 대본을 완벽히 익혀서 NG로 수십 명의 스텝을 고생시키지 않는 것이다. 그리고 자신의 촬영 순번이 어떻게 되든 제시간에 촬영장에 도착해서 차례를 기다리는 것이다. 원로 배우라고 먼저 촬영을 하거나 심야의 촬영 대기를 피하는 짓만큼은 하지 않는다는 것이다.

그의 인터뷰를 들으면서 직업관이라는 것도 역시 인생관에 기초하는 것이라는 생각이 들었다. 그는 일의 원칙을 생활의 양심으로 지키고 있었다. 자신의 초심이 흔들리는 건 스스로 알 수 있다. 양심을 지키려 노력하는 사람은 자신의 초심이 흔들리는 것도 바로 알아차린다. 초심을 지키는 모든 원리는 이와 같다.

이렇게 지켜 낸 초심이 삶을 견인하고, 끝내 성공의 길을 열어 준다. 직업의 세계에서 성공한 이들 상당수가 자신의 인생에서도 승리자가 되는 경우가 많은데, 이 역시 초심의 힘이 아닌가 싶다.

막역지우가 좋다

●

　건강하게 오래 사는 이들 곁에는 흉금을 터놓고 지낼 수 있는 좋은 친구들이 많고, 고독할수록 단명했다는 영국 케임브리지 대학의 연구 결과가 있다. 연구자들은 장수를 결정하는 요인이 음주와 흡연, 경제 수준이 아니라 스트레스를 줄여 주는 친구 관계에 있다는 것을 밝혔다. 좋은 벗이 그저 마음에 위안을 주는 역할이 아닌 생명 활동의 질을 바꿔 준다는 말이다. 옛말이지만, 마누라와 신발, 친구는 오래될수록 편하고 좋다고 했다.

　간과 쓸개를 꺼내 보이듯 마음을 터놓고 허물없이 지내는 관계를 간담상조(肝膽相照)라 했고, 쇠처럼 굳고 난처럼 향기 나는 친구를 금란지교(金蘭之交)라 했다. 관중과 포숙처럼 변함없는 지조의 우정을 관포지교(管鮑之交)라 하고, 어릴 적부터 대나무 말을 타며 함께 놀던 친구를 죽마고우(竹馬故友)라 했다.

　또, 친구 대신 목을 내어 주어도 좋은 관계를 문경지교(刎頸之交), 벗에게 좋은 감화를 주고받는 관계를 향기로운 지초와 난에 비유해 지란지교(芝蘭之交)라 했다. 아교와 옻칠처럼 떨어질 수 없는 관계를 교칠지교(膠漆之交)라 하고 두터운 교분으로 쇠도 끊을 만큼 단단한 관계를 단금지교(斷金之交)라 했다. 동양에선 참된 벗의 소중함을 목숨에 비견하곤 했다.

나는 단단한 친구와의 우정을 표현한 사자성어 중에 '막역지우(莫逆之友)'라는 말을 가장 좋아한다. 원래 천도를 깨달은 친구와의 관계를 뜻했다. 그런데 세월이 흐르면서 '오래 함께 지내도 벗의 말과 행동이 눈에 거슬리지 않는다'는 뜻으로 정착되었다. 함께 오래 지내도 거스르는 것이 없는 관계. 여기에 좋은 친구와의 관계가 모두 함축된 것 같다.

좋은 벗은 3박 4일 여행을 떠나 숙식을 함께해도 짜증나거나 거슬리지 않고, 아무리 오래 만나고 이야기를 해도 즐거운, 그래서 막역지우가 있으면 한밤중에 막걸리를 검정색 비닐 봉투에 담아 내 가도 좋고, 동해에서 보내온 대게 한 마리를 삶아 친구에게 와서 한잔하자고 할 수 있는 관계다.

친구 관계의 진가는 주로 어려움에 봉착했을 때 나타난다. 곤란해진 친구는 심리적으로 위축되고 자격지심을 가지기 쉽다. 이때 친구의 마음을 정확히 읽고 곁에 있어 주며 위로해 줄 수 있는 친구가 진정한 친구다. 서로 마음이 진실하지 않으면 경제적 어려움과 환난으로 괜히 서먹해질 수 있다. 그런 것으로는 절대 관계가 흔들리지 않는다는 것을 보여 주는 사람이 멋진 친구다.

삶의 전부는 돈도 아니고 진위 권력도 아니다. 다만 아름다운 우정을 나눈 믿음의 친구가 내 인생의 동행이다. 열매를 맺지 않는 꽃은 심지를 말고, 의리 없는 친구는 사귀지 말라는 말처럼 참된 우정을 나눌 수 있는 진정한 친구와 노후를 아름답게 만들어 가자. 내 다정한 친구. 사람 냄새가 풍기는 아름다운 우정 속에 명품 인생살이가 좋다.

믿을 수 있는 사람

"내가 겪어 보았는데, 이 친구는 진국이야. 확실히 믿을 수 있어."

내가 좋아하는 말이다. 모함을 받았을 때 주변의 친구들이 입을 모아 해 주는 증언, "그 친구는 절대 아니야. 내 부모님을 걸고 보증할 수 있어." 오랜 세월 체험을 통해 알게 된 그 사람의 진면목을 친구들이 알아주는 것이다. 친구들의 보증은 내가 그동안 잘 살았다는 것을 입증하는 것이기도 하다. 이런 믿음은 오직 겪어 봐야 나올 수 있다. 말이 아니라 반복된 행실로 신뢰를 얻어야만 나올 수 있는 반응이다. 그래서 더 귀중하다.

인생에서 재산을 잃는 것은 조금 잃는 것이고, 건강을 잃으면 전부를 잃는 것이라는 말이 있다. 그런데 신용을 잃는 것 역시 전부를 잃는 것이다. 자신이 어려운 여건에서도 어렵게 쌓아 왔던 그 신용이야말로 최고의 재산이다. 신용은 하루아침에 만들어지는 것이 아니다. 한 번 잃으면 원상회복이 거의 불가능하다. 그래서 신뢰라는 사회적 자산은 그 무엇보다 소중하다.

신뢰는 아주 작은 것에서부터 쌓인다. 시간 약속이 대표적이다. 약속 시간과 장소를 대하는 태도만 보아도 그 사람의 삶의 태도를 엿볼 수 있다. 습관적으로 15분, 20분씩 늦는 것을 반복하거나 매번 약속 당일에 무슨 일이 생겨서 못 나오겠다고 하는 사람을 신뢰하긴 어렵다. 그는 자신의 이해관계에 따라 약속의 무게를 재고 있을 가능성이 매우 높다. 이런 사람일수록 자신의 큰 이익이 걸린 미팅이나 자신이 잘 보여야 하는 상급자와의 미팅에는 절대 늦지 않는다. 인생에서 많은 사람을 만나기 마련인데, 약속을 소중히 여기는 사람과의 만남은 진정한 우정으로 발전한다.

작은 약속도 실천하자. "지금 당장은 어렵고 다음 달 초에 시간이 나니 만납시다."라고 약속했다면 지켜야 한다. 다음 달 초라면 적어도 1일에서 10일 상관일 터, 자신의 말을 수첩에 꼼꼼히 적어 놓고 이행해야 한다. "언제 집에 한번 들러서 식사나 하자."라고 술자리에서 말했다면 다음엔 먼저 친구를 집에 초대해야 한다. 작은 약속을 지키지 못하는 사람은 큰 약속도 지키기 어렵다.

약속에는 의리도 포함된다. 서로 지켜 주겠다고 약속했다면 친구가 어려울 때에도 믿어 주고 지켜 줘야 한다. 이 의리에는 친구의 비밀 엄수도 포함된다. 믿고 자신의 모든 것을 털어놓은 친구의 사생활이나 비밀을 다른 이에게 떠벌리는 것도 배신이 될 수 있다. 사소한 행동으로 신뢰를 떨어뜨리는 경우도 있다. 말과 행동이 가벼워 친구와 함께하기로 했던 일정을 기분에 따라 즉흥적으로 바꾸거나, 가벼운 거짓말을 자주 하면 신뢰하기 어렵다. 때로 자신에게 물어보자.

'나는 그 친구에게 신뢰할 수 있는 사람인가?'

우리 생은 신뢰 관계에 따라 삶의 질이 달라진다. 신뢰를 얻으면 순리대로 살게 되고 성공적인 인생을 영위할 수 있다. 신뢰는 약속이고 신용이다. 신뢰를 저버리는 행위는 가치 있는 생을 포기하겠다는 선전포고이기도 하다. 행복하기 위한 최대 조건이 바로 신뢰다.

그놈의 정(情)

●

　오랜 세월 고락을 함께했을 때 자연적으로 형성되는 마음이 정
(情)이다. 우린 "미운 정 고운 정 다 들었다"고 말한다. 정이 들
면 좀처럼 그와의 관계를 단절하기 힘들다. 서운한 것이 있었어
도 정 때문에 더 보게 되고, 고운 정이 든 사람은 기어코 함께해
야 마음이 편하다. 그래서 정을 마음에서 빼낼 수 없는 고질병이
라고도 말한다. 정이 이렇게 질긴 것이기에 마음먹는다고 사람을
내치거나 모른 체할 수가 없다. 이럴 때 정은 치사하게도 상처 입
은 사람의 허리를 잡아끈다. 그래서 정이 참 무섭다.

　기묘하게도 엄마와 딸 사이에 이런 묘한 정이 작동한다. 엄마
가 그립지만, 만나면 언제나 잔소리를 해대는 엄마에게 버럭버
럭 성질을 내고 돌아서는 딸들의 마음이 그렇단다. 엄마만 보면
화가 나는 딸들이 많은데, 그건 엄마의 행동을 이해하지 못하면
서도 엄마의 마음만은 누구보다 잘 알고 있기에 생기는 일종의
'밀당'이다.

함께 오래 산 부부 사이에도 이 정이 쌓인다. 대체로 나이 든 남편은 아내에게 미안한 정이 있고, 젊어서 구박당한 아내는 남편에게 미운 정이 있다. 황혼 이혼이 많다고 하지만, 그래도 여전히 남편을 살피며 함께 사는 할머니들은 이렇게 이야기하곤 한다.

"눈물 날 정도로 밉지만, 저 영감 나 없으면 못 사니까."

고락을 함께해 본 사람들만이 가질 수 있는 동지애가 바로 정이다. 세상에서 가장 애처로운 사람은 배우자 없이 홀로 사는 사람들이 아니다. 오히려 배우자에게 정을 못 느끼고 남보다 못한 사이로 살아가는 이들이다. 그 오랜 세월을 거치며 그 질기다던 '정나미'가 뚝 떨어진 경우다.

이별하면 사랑은 깨지지만, 정을 나눈 사람은 이별해도 다시 만난다. 정은 들기도 어렵지만, 그 정을 완전히 떼는 것도 어렵다. 오랜 연인 사이에서 생긴 정은 고약하다. 연인 관계일 때에는 모든 것을 빛나게 만들지만, 이별 후에 남은 정은 가슴을 아리게 한다.

우리 민족은 정에 살고 정에 죽는 민족이라고 하는데, 외국인들은 이 한국인의 정이 때로는 넘기 힘든 벽이 된다고도 말한다. 처음에는 무심하지만, 일단 정을 주고 나면 식구보다 더 잘 챙기는 문화에 합류하기까지 시간이 걸린다고 한다. 한국인에게 정은 과거부터 함께 살고 협력하고 고락을 나눈 이웃공동체에서 발현되었던 문화적 특질이기 때문이다.

정이 이리도 질기고 무서운 것이라면, 기왕이면 고운 정을 중심으로 쌓아 나가려 노력하는 것이 좋다. 시간이 지날수록 더 생각해 주고, 더 배려하며 다음에 만났을 땐 더 애틋한 마음을 전해 주려 노력하는 것이다. 시간이 지날수록 정은 두터워진다. 지금은 몰라도 세월이 지나면 그 정이 어떤 정인지 금방 드러난다. 그래서 지금 정든 사람에게 준 것이 고운 정인지 미운 정인지를 검토하는 것도 필요하다.

투명한 사람이 좋다

차 한잔하자 전화하면 기왕이면 밥도 먹자고 말하는 친구가 있다. 저녁 시간을 다 비워 놨으니 집 마당에 앉아 오랫동안 술잔이나 기울이자고 말해 주는 친구다. 늘 스스럼없이 시간을 내어 주며 나와 함께 보내는 시간을 아까워하지 않는다. 자주 생각나는 친구다.

이 친구가 좋은 이유는 많지만, 나는 이 친구의 투명성이 좋다. 친구는 나를 만나는 데에 다른 목적이 없다. 그저 내가 좋아서 만날 뿐. 자신의 속내를 늘 투명하게 드러내며 편하게 해 준다. 말이 많은 친구가 아니기에 나는 친구의 표정과 눈빛을 보고 가늠해야 할 때가 많다. 그럼에도 나는 친구의 마음을 금방 이해할 수 있다. 순수한 심성에 늘 선한 관점을 지닌 친구이기에 오해할 여지가 없다. 말을 적게 해도 늘 진심이 담겨 있다. 겉과 속이 항상 같아 마음을 떠보지 않아도 모든 것을 알 수 있는 이 친구가 좋다.

장자(莊子)는 나이 들수록 피해야 할 사람에 대해 말했다. 필요할 때만 찾고 내가 원할 때 없는 사람을 조심하라고 일렀다. 늘 불평하고 깎아내리는 사람은 사귀지 말라고 했다. 내 친구는 이와는 정반대로 반드시 얻어야 할 사람이다.

말수가 적지만 늘 진심이 담겨 있고, 내가 무슨 말을 해도 인내심 있게 들어 준다. 사람의 선한 강점을 보고 나의 가치를 인정해 준다. 오직 순수하게 나를 그리워하고 매사에 긍정적이라 그의 몇 마디 말에도 나는 늘 배우고 온다. 목적을 두지 않았기에 만남이 편하다. 투명한 관계여서 오랜 풍파에도 요동치지 않고 세월이 지날수록 사람을 더 깊이 알게 되었다.

옛말에 좋은 벗이 머물다 떠난 자리엔 좋은 향기가 그득하다고 했다. 그가 떠난 자리에 남은 차향(茶香)이 사실은 그이의 좋은 성품의 향기라고. 나는 그 친구와 헤어져 돌아오는 버스 안에서 내 옷에 가득 배어 있는 친구의 선한 향기를 맡곤 한다. 그는 내 자랑스러운 친구이며 평생의 동행자이다.

나만의 행복

●

내가 행복해야 행복을 나눌 수 있는 사람이 된다. 나 자신이 불행하면 그 누구에게도 도움을 줄 수 없다. 행복과 마찬가지로 불행에는 강한 전염성이 있다. 불행을 느끼고 있는 자는 불행을 전파하고, 행복한 이는 행복을 전염시킨다. 나를 사랑하는 것. 그것이 세상을 밝게 만드는 첫 번째 원동력이다.

세상의 좋은 것은 우선 나에게로 향해야 한다. 행복에 대한 느낌도 상대적이다. 어떤 사람은 명품 가방을 안아야 행복감을 느끼지만, 또 어떤 이는 사랑하는 이의 다정한 눈길만으로도 행복감을 느낀다. 나를 위해서 꽃을 사고 석양을 감상하고, 노래를 부르자. 거리로 나가 무작정 걸으며 구경하기도 하고 TV에서 소개한 이색적이고 맛나 보이는 외국 음식점에 들어가 와인을 곁들여보기도 하자. 여행 계획을 세우고 친구들을 규합해서 떠날 준비를 하자. 여행은 준비하는 과정이 훨씬 설레는 법이다. 친구들과 일정을 조율하고 여행 계획을 세우면서 수다를 떨고 소주도 한잔하자.

자기가 언제 가장 행복한지를 아는 사람은 이미 행복한 사람이다. 언제든 자신을 위한 선물을 줄 수 있다. 그리고 가짜 행복과 진짜 행복을 분별해 낼 줄 안다면 복이 있는 사람이다. 보통 사람들은 남들이 하는 것을 따라서 사고 즐긴다. 하지만 따라 하는 것으로는 자신만의 행복을 충족할 수 없다.

그러니 나만의 행복을 찾자. 그것은 조그만 어촌의 갯바위에 앉아 낚싯대를 드리우는 것일 수도 있고, 한여름 대관령 능선에 올라 텐트를 치고 밤 별을 즐기는 것일 수도 있다. 심지어 어떤 이는 파리가 앉으면 미끄러질 만큼 차 광택을 내는 것을 즐긴다고 한다. 제철을 맞은 딱새우를 주문해서 새우 하나에 소주 한 잔을 즐기는 것을 최고의 낭만으로 치는 사람도 있을 것이다.

나만의 행복을 찾아 행복해지는 방법도 있지만, 불행에 가까워지는 방법도 있다. 이건 아주 쉽다. 평소 미워했던 자를 자주 생각하면 된다. 그리고 그자를 모질게 복수하지 못한 자신을 탓하는 것이다. 그러면 피가 탁해지고 피부에 수분이 빠지며, 스트레스로 간과 신장에 바로 영향을 줄 수 있다.

또 남과 비교하는 것도 무기력해지는 데 도움이 된다. 누구는 내 나이에 얼마를 벌었는데, 나에게 남은 것은 대출이 낀 아파트

한 채뿐이라고 신세를 한탄하면 불행해진다. 자신이 이렇게밖에 살 수 없었던 이유를 배우자 탓을 하거나 부모님을 원망하면 불행해지고 우울증에도 빨리 걸릴 수 있다. 분노와 원망 뒤에 남는 것은 무기력이다. 무기력은 의욕을 좀먹어 나중엔 아무것도 하지 못하게 만든다.

생의 무기력함은 목표가 없어서라기보다 삶의 기준을 잃고 헤맬 때 찾아온다. 행복의 가치는 불행을 통해 알게 되고, 기쁨이라는 감정 또한 슬픔을 통해 선명하게 배운다고 했다. 신은 늘 인간의 인생길 매순간에 행복과 불행이라는 두 개의 돌을 깔아 놓는다. 그중 어떤 돌을 선택하는가 하는 것은 인간의 몫이다.

좌우명 하나쯤은

●

낭만의 시대가 있었다. 초등학생에게 선생님은 '가훈'을 적어 오라고 했고, 청년에겐 어떤 꿈을 꾸고 있는지 물었다. 성인에겐 당신의 좌우명이 무엇이냐고 물어보았다. 늙은 군인에겐 오랜 군 생활을 버티게 해 준 좌우명이 있었다. 노인들은 70년 세월 동안 깨달은 삶의 지혜를 자기 좌우명으로 삼고 있었다. 이것이 바로 낭만이 시대다. 낭만의 시대에는 좌우명이 중요했다.

하지만 이제 세상은 다원화를 넘어 가치의 해체에까지 이르렀다. 요즘은 좌우명을 묻는 것이 허락되지 않는 분위기다. 친숙한 사람에게 좌우명이 뭐냐고 물어본다면 무엇인가 촌스럽다고 생각하는 듯하다. 좌우명이나 삶의 가치가 이렇게 푸대접을 받은 적이 있었던가.

좌우명은 삶의 가치를 한 줄로 축약시킨 개인의 인생관이다. 좌우명은 인생의 좌표나 노선, 원칙이기도 하다. 좌우명은 어떻게 살아가겠다는 자신의 선언이기도 하다. 그리고 때로 좌우명이 묘비명이 되기도 한다. 자기 좌우명대로 살아간 사람이 남긴 묘비명이라. 멋지지 않은가.

좌우명이 생활을 지켜 줄 때가 있다. 타성에 젖어 나태해질 때나 너무나 고단해서 무엇을 하고 있는지를 잊었을 때, 좌우명은 힘을 발휘한다. 이럴 때 좌우명은 망망대해에서 항로를 일러 주는 북극성의 역할을 한다. 학창 시절에만 필요한 것이 아니라 꿈이 흐려지는 장년기에도 필요한 것이 좌우명이다.

"자신을 남처럼, 남을 자신처럼 생각하라."

자신의 행동을 생각할 땐 타인을 대하는 것처럼 객관화시켜서 보고, 타인의 일은 나의 일로 대하고 마음을 다해 이해하라는 뜻이다.

"대인춘풍 지기추상(待人春風 持己秋霜), 남에겐 봄날 바람처럼, 자신에겐 가을 서리처럼 엄격하라." - 홍자성, 『채근담(菜根譚)』

"덕이 있는 사람은 반드시 들을 만한 말이 있거니와 말을 잘하는 사람이라고 반드시 덕 있는 사람이라고 할 수는 없다."
- 『논어(論語)』

이 얼마나 좋은 말인가. 부모님의 유훈도 좌우명이 될 수 있다. 한 시인은 어린 시절 겨울날 아침 다 쓴 세숫물을 뜨락에 뿌렸단다. 그러자 어머니가 말씀하셨다. "그렇게 뜨거운 물을 뿌리면 흙 속 꽃씨가 다친단다." 그 시인은 모든 사물에 생명이 깃들어 있고, 생명을 가진 모든 존재를 소중히 해야 한다는 생각을 어린 시절 어머니로부터 배웠다고 한다.

좌우명에는 큰 세계관이 담길 수도 있지만, 간단한 생활 습관이 담기기도 한다. 필자 역시 그 어떤 형태의 약속이든 반드시 약속 시간 20분 전에는 도착하는 것이 습관이다. 약속 장소에서 기다리면 상대의 귀한 시간을 소중히 대하게 된다. 상대 또한 일찍 나온다면 물론 금상첨화다. 우린 더 많은 이야기를 나눌 수 있을 것이기 때문이다.

무엇이든 좋다. 당신이 지키고자 하는 가치를 좌우명으로 만들어 실천하라. 일상에서 늘 잘 볼 수 있는 곳에 비치해 두고 아침저녁으로 생각하자. 지성이면 감천이다.

때론 모르는 척, 괜찮은 척

●

차 한잔하자 전화하면 기왕이면 밥도 먹자고 말하는 친구가 있다. 사람마다 다르겠지만, 어려운 일이 생겨도 이를 좀처럼 드러내지 않는 사람이 있다. 이를 약점으로 여겨서 숨기는 사람도 있겠지만, 어려운 처지를 말하면 괜한 부탁을 하는 것으로 들릴까 봐 말하지 않는 사람도 있는 것이다. 내성적인 친구는 괜히 친구의 마음이 어두워질까 봐 말을 아끼기도 한다. 보통 이런 성격의 사람은 아주 좋은 일이 있어도 주변에 알리거나 자랑하려 들지 않는다. 자식 자랑, 마누라 자랑, 돈 자랑은 죽었다 깨어나도 못 하는 친구들이다.

물론 세상엔 이런 부류의 사람들만 있는 것은 아니다. 작은 상처에도 위로를 청하고, 약간의 곤란에도 세상이 무너질 듯 한탄하고 도움을 요청하는 이들도 있다. 이런 사람들은 가까운 이들이 자신의 어려운 처지를 몰라주는 것이 원망스럽다. 이런 친구가 하는 말은 잊지 않고 챙겨서 서운하지 않게 돌봐 줘야 한다. 지난달에 임플란트 수술에 들어갔다고 말한 친구에게 눈치 없이 삼겹살집에서 만나자고 하면 서운할 것이 당연하다.

의도하지 않았지만 친구의 곤란한 상황을 전해 들었다면 우린 어떻게 해야 할까. 세상살이와 인간관계가 단순하다면야 응당 나서는 것이 합당하다. 하지만 세상은 복잡하고 사람의 마음도 그렇게 단순하지 않다. 친구가 원하지 않는 것으로 보일 때 그저 모른 척 지내는 게 답이다. 다만 누가 보더라도 친구 혼자 힘으로 해결할 수 없는 상황임이 명백할 때에는 "괜찮아?"라고 넌지시 물어보는 것이 어떤 친구에겐 하늘에서 내려온 동아줄같이 느껴질 것이다.

나는 곤경에 처했거나 집에 큰일이 생겨도 내색을 하지 않는 편이다. 나 스스로에게도 괜찮다고 끝없이 속삭이며 큰일을 되도록 단순하게 생각하려 노력한다. 그렇게 나 스스로도 별일 아닌 척 넘어가다 보면 자연히 치유되거나 해결되는 경우가 많았다. 이런 일이 익숙해져서인지 웬만한 일에는 잘 놀라지 않고, 일이 생기면 계획부터 세운다. 걱정한다고 해결되는 일은 없었고, 대신에 움직여야만 해결되기 때문이다.

인생길이 복잡하고 고생스럽겠지만, 삶의 무게를 기꺼이 지는 것도 우리네 인생이다. 치열한 생존 경쟁 속에서 마음고생도 견

디는 것이다. 그렇게 때론 모르는 척 괜찮은 척 사는 것도, 평범
하지만 지혜로운 삶의 길이다.

기다려야 할 때

●

차 한잔하자 전화하면 기왕이면 밥도 먹자고 말하는 친구가 있다. 반드시 기다려야 할 때가 있다. 마음이 끓어올라 격분한 상태이거나 사람에게 크게 실망했을 때에도 기다려야 한다. 사람 관계는 군사 작전과 달라서 단번의 결심으로 결실을 맺는 일은 거의 없다. 사랑 고백 말고는 말이다. 조금 더 기다리지 못해서 관계를 청산하는 경우를 많이 본다. 어쩌다 스친 인연이라면 굳이 청산까지 할 필요가 없다. 청산은 주로 오랜 세월 정성을 쏟고 애착을 느낀 상대에게 크게 실망했을 때 한다.

심장에 열이 많아 쉽게 단정하고, 흥분하는 사람의 곁엔 좋은 친구가 남아나질 않는다. 서운함이 쌓여 화가 나면 바로 언쟁하고, 언쟁은 또 다른 상처를 남긴다. 집에 돌아와서도 분이 풀리지 않으면 절교를 선언하고, 주변 친구들에게도 그 친구와는 상종하지 않겠다고 널리 선포한다. 인간관계를 이런 식으로 청산하면 곁에 사람이 남아 있을 수 없다. 그의 주변엔 그를 받들거나 그에게 아첨하는 이들만 가득할 것이 분명하다.

사람과의 일이라면 반드시 기다려야 할 때가 있다. 대부분의 경우, 기다려도 손해 보지 않는다. 어떤 사람이 변하기를 고대하며 기다려도 손해 보지 않는다. 반드시 성사시키고 싶었던 계약이 불발되었을 때에도 다음 기회를 기다린다고 해서 손해 보지 않는다. 친구에게 크게 실망하고 돌아온 경우엔 더더욱 기다려서 손해 보진 않는다.

기다림은 약간의 멈춤이고 긴 숨이며 얼마간의 지연이다. 찻잔 속의 태풍은 시간이 지나면 결국 가라앉는다. 기다리면 안개 속에 가려졌던 사물의 정체가 선명하게 보이기도 한다. 이때 중요한 것은 기다리면서 조바심에 무언가를 하지 않는 것이다. 우리는 조용히 그저 기다리면 된다. 시간이 해결해 주는 일은 우리 생각보다 훨씬 많다.

삶은 기다림의 연속이며 순리대로 흘러가는 경우가 많다. 시냇물은 흘러 계곡을 지나 하천을 만나고 결국 바다로 나간다. 우리 인생 역시 기다리면 순리대로 흘러가는 일들이 많다. 거스른다고 풀릴 일은 거의 없다. 바위에 부딪히면 비껴서 흐르고, 겨울을 만나 얼어붙으면 내년 봄에 녹아서 흐르자. 잠시 멈추고 쉬었다 다시 가는 것이 인생의 순리다.

인간관계에서 기다리기로 했으면 마음을 비우고 모든 것이 내 덕의 소산이라 생각하는 것이 좋다. 기다림은 항상 보답한다. 기다릴 줄 모르면 낭패가 따르고, 만사를 그르치게 된다. 조바심을 버리고 참고 기다리는 사람이 성공하는 이유다.

하늘이 내린 신비의 끈

차 한잔하자 전화하면 기왕이면 밥도 먹자고 말하는 친구가 있다. 만남은 신의 섭리이고 결혼은 신의 계획이라고 한다. 그리고 이후의 몫은 모두 인간에게 맡겼단다. 그러니까 만남 이후의 일은 인간의 영역인 셈이다. 인연이 스스로 자라나서 단단해지는 경우는 없다. 양쪽이든 어느 한쪽이든 난을 키우듯 조심스럽게 대하고 정성을 쏟아야 좋은 인연으로 발전한다.

좋은 사업 거래로 함께 성장한 사람도 얼마든지 좋은 벗으로 함께할 수 있다. 다만 거래가 종료되고 아무런 이익이 없을 때에도 변함없이 벗으로 아껴 줄 수 있어야 진정한 친구로 남게 된다. 이래저래 고락을 함께해야 참된 인연으로 발전한다.

인간관계 중 소중하지 않은 것이 없다고 하지만, 실제로는 아껴야 할 관계와 스치듯 흘려보내야 할 인연, 그리고 빨리 단절해야 할 악연(惡緣)도 있는 법이다. 내가 누구와 만나는지가 남은 인생을 결정하기도 한다. 선현들은 좋은 벗과 나쁜 벗을 가려내길 권고했다. 반드시 지켜야 할 소중한 벗의 첫째 덕목은 의리다. 때로 신용 없는 거래를 할 순 있어도 결코 의리 없는 자를 사귀어선 안 된다.

의리는 곤란하고 궁핍한 순간에 그 진가를 드러낸다. 내가 잘나갈 때엔 주변에 늘 날 향해 웃어 주고 함께 가자는 친구들이 넘쳐 날 것이다. 하지만 내가 쇠약해지고 곤경에 처했을 때에도 친구의 처신이 변함없는가. 감정에 진실하고 친구 간에도 예절을 지키는 친구는 참 좋다. 내가 잘되었을 때 정말로 함께 기뻐해 주는 친구라면 그는 정말 내가 행복하길 바라는 자다.

좋은 인연은 하늘이 내린 선물이다. 인연이 끈이 되어 평생의 길동무로 발전한다. 친하고 소중할수록 조심스러운 면모가 있어야 한다. 모든 선택에서 벗의 뜻을 먼저 가늠하고, 소원해지지 않도록 관심을 쏟아야 한다. 인연을 소중히 지켜 내는 방법 중 가장 좋은 것은 벗이 싫어하는 행동을 하지 않는 것이다. 벗이 무엇을 싫어하는지를 아는 것도 좋은 인연을 맺는 사람들의 특징이다.

인연이 될 비밀은 하늘만이 알고 있다. 즐거움과 여유로움을 주는 사랑의 힘으로 운명처럼 인연을 만들어 준다. 인연은 제일 가까운 관계이다. 하늘이 선택해 준 관계를 사랑과 관심으로 보듬

을 때 진정한 인연으로 빛날 수 있다. 인연은 하늘만이 아는 신비
의 끈이다.

참 좋은 말, '그냥'

나는 '그냥'이라는 말을 좋아한다. '그냥'이라는 말에는 과장 없
는 사랑이 담겨 있다. 젊었을 때 왜 나를 선택했냐는 배우자의 물
음에 "그냥… 좋아서. 너밖에 안 보였어."라고 말한다. 어쩐 일로
전화했냐는 친구에게 "그냥 갑자기 네가 생각나더라."라고 말할
때의 '그냥'.

'그냥'에는 어떤 계기나 이유가 필요하지 않다. 그저 마음이 그
리 갔다고 할 때, 우린 '그냥'이라고 한다. 그냥 만나자 하고, 그
냥 챙겨 주고 싶고, 그냥 전화하고, 늦은 밤 그냥 막걸리를 들고
찾아갈 수 있는 사람이야말로 사연 없이도 사랑할 수 있는 '그냥'
사랑하는 사람인 것이다.

가까이 있어도 마음을 주지 않으면 남보다 못하고, 멀리 떨어져
있어도 그냥 만날 수 있는 벗은 가족보다 더 소중하게 느껴진다.
마음이 있다면 그가 어디에 있더라도 나의 분신이다. 말장난 같
지만, '그냥의 사이'가 그냥 만들어지는 것은 아니다. 결함은 모른

척 덮어 주고, 잘못이 있다면 용서하면서 칡넝쿨처럼 서로 보듬
으며 세월을 견뎠을 때 만들어지는 관계가 바로 '그냥'이다.

곁에 소중한 사람이 있다면, 그냥 웃고, 그냥 즐거워하고, 그
냥 사랑하고, 그냥 행복하자. 그냥 편하게 마냥 신나게 그렇게 살
자. 그 사람이 바로 당신에게 '그냥' 좋은 사람이다.

진심 어린 사랑의 힘이 내포된 좋은 표현이 '그냥'이다. 애달프
면서도 가식 없는 순수한 이대로가 좋다. 참 좋은 말, '그냥'이다.
인생은 그저 살다가 가는 추억 속의 소풍이다.

당신을 만나 행복합니다

차 한잔하자 전화하면 기왕이면 밥도 먹자고 말하는 친구가 있다. 인연의 길이는 사람마다 다르다. 어떤 사람과의 인연의 끈은 국민학교(초등학교) 시절부터 이어져 지금은 두터운 동아줄로 자라고, 또 어떤 이들은 직장 생활을 하면서 풍성하게 커 오다 일순 끊기기도 한다.

대상에 따라 인연의 끈과 굵기에도 차이가 있지만, 인연을 대하는 사람의 태도도 저마다 다르다. 인연을 소중히 가꾸기는 사람도 있는 반면, 방치하며 우연에 맡기는 사람도 많다. 거미줄처럼 넓게 인연을 펼쳐 놓으며 사는 사람도 있고, 굵은 가닥 몇 줄을 튼튼하게 엮어 가며 사는 사람도 있다. 사람의 만남은 하늘이 만든 인연이고, 그 이후는 사람이 만드는 인연이다. 만남과 가꿈이 잘 조화되어야 아름다운 인연을 가꿀 수 있다.

철학자 칸트가 말했다. 할 일과 사랑할 사람, 그리고 희망이 있다면 행복한 사람이라고. 사람의 행복은 결국 관계에서 올 수밖에 없는데, 그중 가장 큰 행복은 사람 관계가 선사하는 충만감이다. 살면서 많은 사람을 만나며 깨달은 것이 있다. 사람이 행복하기 위해선 그 '행복감' 자체에 집중할 것이 아니라 '행복한 사람'에 집중해야 한다는 것이다.

행복감이라는 것 역시 상대적이기에, 유사한 상황에서 큰 행복감을 느끼는 사람이 있는 반면, 그 찰나의 행복감을 무미건조한 표정으로 놓치는 사람도 있다. 중요한 것은 당신이 얼마나 자주 사람과의 만남에서 행복감을 느끼는가 하는 것이다. 자주 부탁하고 타인에게 바라는 사람보다, 많이 베푸는 사람이 행복한 이유는 무엇일까. 받는 행복감이 아니라 베푸는 행복감은 진정 사랑할 때 나온다. 상대가 느끼는 행복감을 나의 것으로 느끼며 더욱 행복해진다.

아침에 일어나 곤히 잠든 배우자의 얼굴을 보면서 속으로 이렇게 되뇐 적이 있는가. 혹은 소주 몇 잔에 발갛게 물든 친구가 전하는 유쾌한 이야기를 들으면서 말이다.

당신을 만나 행복합니다.
당신 때문에 살맛 나고 당신 때문에 행복합니다.
당신이 있어 웃음 짓고

당신의 따뜻함이 삶의 위안이 되었습니다.

노화를 연구하는 과학자와 심리학자 모두가 인정하는 행복의 비밀이 있다. 작은 일에 감탄하고 동반자의 작은 행동 하나에 기쁨을 느낄 줄 아는 사람이 행복하다는 것이다. 이런 사람들이 느끼는 행복감은 그 질도 높았다. 급격하게 찾아왔다 사라지고 나중엔 더 큰 자극을 원하게 되는 쾌락과는 달랐다. 이런 행복감은 지속적이었으며, 늘 충만하게 재충전되었다. 행복이라는 파랑새는 자신의 방 안 구석 또는 친구의 눈동자 안에 있다.

행복은 이렇게 늘 눈에 보이지 않게 숨어 있다 언제든 유쾌한 날갯짓으로 나타난다. 스스로 만족하고 행복하다고 느끼는 자가 행복한 것이다. 가슴이 벅차고 무엇이든 해낼 수 있을 것 같고 성취감에 종일 콧노래를 부르게 만드는 행복감은 배우자나 타인을 자신의 몸처럼 사랑해야 찾아올 수 있다. 그래서 행복은 어쩌면 진실한 사랑이 주는 선물일지도 모르겠다.

당신을 만나 행복합니다.
당신을 만나 자신감이 생기고 삶이 더 보람됩니다.
활기차고 당당하게 살아가니 내겐 충만한 행복입니다.
당신 때문에 살맛 나고 당신 때문에 행복합니다.

사람은 겪어 봐야 안다

차 한잔하자 전화하면 기왕이면 밥도 먹자고 말하는 친구가 있다. 산길을 걸어 봐야 그 산의 깊이를 알게 되고 정상에 올라서 봐야 명산인지 가파르기만 한 잡산인지를 알 수 있다. 사람도 마찬가지다. 사람의 속내는 오래 겪어 봐야 알 수 있다. 세월이 흘러야 사람의 속내를 알 수 있는 이유는, 인간이 매우 전략적인 사회적 동물이기 때문이다. 사람은 누구나 사회적 가면(페르소나)을 쓰지만, 이 가면으로 남을 기만하고 이기심을 채우는 수단으로만 사용하는 사람이 많다. 겉과 속이 확연히 다른 사람일수록 관계의 결과는 더 파국적이다.

흥미로운 건 많은 사람들이 스스로 '자신은 비교적 사람을 잘 알아본다.'고 생각한다는 점이다. 경험이 제한적일수록, 비교적 적은 인간관계를 맺은 사람일수록 이런 확신은 더욱 강하다. 오히려 오랜 시간 풍파를 겪고 사람들을 두루 만나 본 사람은 사람의 진면목을 알기 전까지 신중한 태도를 보인다.

지인 중에 휴대폰에 4천 명가량의 전화번호를 저장해 놓고, 명절마다 핸드폰이 뜨거워질 정도의 문안 인사를 받고 명절이면 선물 박스가 거실을 가득 메우던 사람이 있다. 그는 사업으로 시작해 정치에 입문했고, 어느새 지역에선 실력자로 불리는 정치인이 되었다. 8년 정도 찬란한 지역 유지 생활을 하던 그는 사업이 망하고 정치 연줄마저 끊어지자 탄식하며 말했다. 그 많던 사람들은 신기루처럼 사라졌고, 그러면서 그는 자신이 잘못 살았다고 회고했다.

길은 오래 걸을수록 힘들고 동녘은 밝기 직전이 가장 어둡다. 물은 끓기 직전에 가장 요란하다. 사람의 마음 또한 오래 겪고 곡절을 지나 봐야 알 수 있다.

자신을 잘 드러내지 않는 유형의 사람이거나 소심한 성격을 가진 사람 또한 진속을 알기 어렵다. 물론 그가 자신을 투명하게 드러내지 않거나 조심스럽다고 해서 앞뒤가 다르거나 비밀이 많은 사람이라고 단정해선 안 된다. 모든 것을 드러내고 공유하는 사람은 없다. 오히려 드러낸 부분이 많을수록 감추고 있는 것도 많을 수 있음을 알아야 한다. 신중한 사람은 그저 신중하게 세월을 두고 만나면 된다. 무엇보다 선하고 좋은 사람을 얻기 위해선 내가 그런 사람이 되어야 한다.

사람은 누구나 부족하고 결함을 가지고 있다. 맘에 드는 사람, 평생을 의지하고픈 사람을 만나는 것은 엄청난 행운이다. 그 사람과의 동행이야말로 남은 인생 여정에서 가장 큰 행복을 선사할 것이기 때문이다. 내가 먼저 선한 사람이 되어야 좋은 사람을 만나게 된다. 내 맘에 꼭 드는 사람을 만나는 것도 하나의 행운이고 복이다.

나로부터 시작된다

"어릴 때에는 나보다 중요한 사람이 없었고, 나이 들면서 나만큼 대단한 사람이 없었다. 그런데 노년이 되어 보니 나보다 못난 사람이 없어지더라."

돈에 맞춰 일하면 직업이고, 돈을 넘어 일하면 사명이라고 한다. 직업으로 일하면 월급을 받고, 사명으로 일하면 은혜를 받는다. 칭찬에 익숙하면 비난에 마음이 흔들리고, 대접에 익숙하면 푸대접에 마음이 상한다. 결국 문제는 익숙하게 길들여진 내 마음이다.

집은 옹색해도 같이 살 수 있지만, 사람 속이 좁으면 같이 못 사는 법이다. 내 힘으로 할 수 있는 일에 도전하지 않으면 내 힘만으로 갈 수 없는 곳에 절대로 갈 수 없다. 갈 만큼 갔다고 생각하는 곳에서 얼마나 더 갈 수 있는지, 참을 만큼 참았다고 생각하는 곳에서 얼마나 더 참을 수 있는지 가지 않고는 모른다. 지옥을 만드는 방법은 간단하다. 가까이 있는 사람을 미워하면 된다.

한 사람의 행동은 어쩔 수 없지만 반응은 언제나 내 몫이다. 산고를 겪어야 새 생명이 태어나고 추위를 겪어야 봄이 오고 어둠이 지나야 새벽이 온다. 거칠게 말하면 거칠어지고 사납게 말하면 사나워지고 차갑게 말하면 차가워지는 것이 이치다. 결국 이 모든 것이 나로부터 시작된다. 나를 잘 다스려야 하늘의 뜻대로 살 수 있다.

보고 싶다, 친구야!

●

주변에 좋은 벗을 많이 둔 사람이 그렇지 않은 사람들보다 평균 수명이 무려 22% 정도 길었다는 조사 결과가 있다. 홀로 있을 때의 외로움과 스트레스를 친구와 만나 씻어 내고, 왕성한 의욕을 얻는다는 것이다. 등산이나 트래킹을 즐기는 사람은 잘 안다. 친구와 했을 때가 홀로 걸을 때보다 훨씬 많은 거리를 즐겁게 걸어갈 수 있음을. 평생을 함께할 벗과 늘 동행할 수 있는 사람은 행복하다.

친구 중 누구 하나가 먼 타지로 이사를 가면 만남은 자연히 줄게 된다. 평소 전화 한 통이면 노포에 앉아 술을 나눌 수 있었던 친구였건만, 이제는 친구를 만나기 위해 하루를 비워 둬야 하고 다시 귀가하는 것도 쉽지 않다. 일이 겹쳐 바쁘다 보면 한 달에 한 번 얼굴 보는 것도 어려워진다. 이럴 때 그리움은 점점 쌓인다.

오랜만에 만난 친구. 회포를 풀고 돌아와서도 그리움은 더 깊어지고, 어제 만났건만 다시 보고 싶다. 마음이 허전하고 때론 마음이 사무쳐서 일이 손에 안 잡힌다. 이럴 때 "친구야, 보고 싶다." 라는 말이 계속 마음속에 맴돈다. 만남이 미뤄져 몇 달째 친구를 보지 못하면 '이러다가 영영 멀어지는 것이 아닌지' 하는 걱정도 든다. 전화로 안부를 주고받지만, 전화로는 해소되지 않는 것들이 너무나 많다. 친구와 만나 시시콜콜한 이야기를 나누고 또 친구에게서 새로운 자극을 얻던 시절이 더 그리워진다.

옛 친구가 더 그리운 이유 중 하나는 나이 먹고 새로운 친구를 사귀는 것이 영 쉽지 않기 때문이다. 친구는 오랜 세월 서로 길들여 온 사이기에 서로의 습관을 잘 알고, 눈빛과 잠깐의 미소만 보아도 그 속내를 알 수 있기에 더욱 소중하다. 새로운 친구를 사귀는 데에는 많은 노력이 필요하고, 또 초기 단계에서의 긴장은 피할 수가 없다. 이제 막 우연히 알게 된 사람에게 전화해서 만나자고 요청하는 것 또한 부자연스럽다.

친구와 떨어져 있어서 사무치는 것이야 참으면 다시 만날 수 있다지만, 세상과 작별하고 하늘의 별이 되어 버린 친구의 빈자리는 그 무엇으로도 메울 수 없다. 그저 옛날 함께 찍었던 핸드폰 속 사진을 보고, 친구와 함께 들렀던 화원에서 영상이나 많이 찍어 둘 것을 하는 후회만 남는다.

좋은 친구는 인생의 스승이 되기도 한다. 내 결함을 감싸 주었고, 때로 명백한 내 실수임에도 이를 가려 주고 어떤 고민도 진지하게 들어 주었던 사람. 어떤 상황에서도 나를 믿어 주고 내 편이 되어 주었던 친구. 나는 가끔 친구의 행동을 보며 속으로 존경했고, 저런 사람이 내 친구여서 행운이라는 생각을 자주 했다. 나는 친구로 인해 사람을 사귀면 마음을 다 주어야 하고, 정성을 다해야 한다는 것을 배웠고, 한 번 맺은 친구 사이는 영원히 함께 가는 영혼의 동반자가 될 수 있다는 것도 알았다.

참다운 벗은 신의, 의리, 충절, 지조로 엮인 참된 친구다. 그래서 나는 벗이라는 말에도 설레고 마음이 먹먹해지는 것이다. 서늘한 바람에 달빛이 흔들리는 오늘 같은 밤 더욱 그립다. 친구야, 보고 싶다. 우리 만나자!

사람은 추억의 산물

●

언젠가 푸른 봄 바다가 펼쳐진 언덕에서 연신 카메라 셔터를 누르던 친구는 이렇게 말했다.

"친구야, 여행에서 남는 건 사진밖에 없더라."

그날은 그냥 웃고 말았지만, 언젠가 세월이 흘러 그 봄 언덕에서 친구와 찍은 사진을 보면서 친구의 말을 다시 떠올렸다. 친구의 말이 이해되었다. 사진은 머릿속에서 회색빛으로 바래 가는 추억을 선명하게 복원해 내는 힘을 가졌다. 사진 한 장을 실마리 삼아 기억의 끈을 따라가다 보면, 비록 토막 난 추억이지만 그 시절의 여행이 생생히 되살아나는 것이다.

나이 들면 추억을 먹고 산다고 하는데, 세월이 흘러도 어린 시절 동무들과 놀던 고향에 대한 기억만큼은 생생한 것이 신기하다. 이치대로라면 가까운 기억이 더 또렷하고 먼 기억은 흐려야 할 터인데 유년 시절의 기억은 왜 나이를 먹을수록 더 선명하게 남는지. 산마루에 해가 걸치면 밥 먹으라고 부르시던 어머니 음성과 대청에 앉아 먹던 호박찌개 맛은 세월이 흘러도 그 정경에 더해 냄새까지도 코를 간지럽힌다.

기억은 그 사람의 정체성을 만드는 듯하다. 학창 시절의 기억, 대학을 졸업하고 결혼했을 때, 그리고 처음 내 집을 장만했을 때, 친구들과 강가에서 천렵했던 기억들…. 이 모든 것들이 모여 나라는 사람의 특질을 만들어 낸 것 아닌가. 이런 추억들이 모여 한 사람을 만들고, 그 사람을 그 사람답게 만들어 준다. 물론 모든 추억이 아름다운 것은 아니다. 때로 부끄러워 이불 속으로 숨고 싶은 기억이 있고, 가슴이 먹먹해져 눈시울이 뜨거워지는 추억도 있다.

아름다운 추억을 많이 간직한 사람은 눈에 그것이 오롯이 비친다고 했다. 과거가 아름다운 사람은 자주 자신의 지난 시절을 반추하고, 기억하기 위해 노력한다. 심지어 초등학교 시절 6학년 몇 반이었는지, 담임 선생님과 짝꿍의 이름이 무엇이었는지, 복무했던 군 내무반 동기들의 이름까지.

기억을 잃은 사람, 또는 잃어 가는 사람에 대한 소재는 영화나 문학의 단골 소재이기도 하다. 작가들은 그런 질문을 던진다. 기억을 잃은 그 사람이 정말로 그 사람일 수 있는지….

어떤 사람이 치매에 걸린 어머니를 더는 모실 수 없어 요양병원에 입원시키기로 결정했단다. 입원 당일 오전에 한적한 식당에 들러 국밥을 어머니와 함께 먹었는데, 자신의 이름도 기억하지 못하던 어머니가 자꾸만 당신 국밥의 고기를 덜어 내어 주더란다. 그러면서 어머니가 말하길,

"총각, 어쩜 우리 막내랑 먹는 것이 그렇게 닮았수. 젓가락 질하는 것이며 국에 깍두기 국물 섞는 것이며…."

바로 앞에 당신의 자식을 기억하지 못하는 어머니가 자식이 먹던 습관만은 정확히 기억해서 그리워하는 모습을 보며 한참 동안 고개를 들지 못했단다. 그리고 다시 차를 돌려 어머니를 모시고 집으로 돌아갔다고. 아마 그 후로도 막내는 어머니와 종종 자신에 대한 이야기를 남처럼 하며 어머니의 말동무가 되었을지 모를 일이다. 치매가 정녕 슬픈 이유는 사랑하는 이들과의 기억을 앗아 가기 때문인지도 모르겠다.

노년은 과거를 돌아보며 추억에 자주 젖는다. 그래서 괜히 고향 마을이 재개발된다는 소식을 듣고 집들이 철거되기 전에 들러 보

게 되고, 졸업했던 초등학교 운동장에서 동기들과 만나면 그렇게 즐거울 수가 없다. 하지만 과거를 추억하는 즐거움에 더해 매일 추억을 만드는 즐거움을 잊어선 안 된다. 오늘 다소 엉뚱하고 유쾌한 도전이 내일엔 추억이 되는 것이다.

일신우일신의 이유

●

　사람의 생각과 생활습관은 바꿀 수 있다. 하지만 타고난 성품과 기질은 바꾸기 어렵다. 바뀐 듯싶은 사람이 있지만, 타고난 것은 잘 바뀌지 않아 표현 방식만 바뀔 뿐 그 성품의 본질은 바뀌지 않는 경우가 많다. 그래서 성품은 타고난다고도 한다. 성품은 평소 잘 드러나지 않는 경우가 많다. 하지만 곤경에 내몰리거나 위기에 처했을 때, 지위가 높아졌을 때, 돈을 많이 벌거나 명예를 얻으면 본래의 성품이 드러나기 마련이다.

　좋은 성품을 타고난 사람은 학식과 사회적 지위가 높아질수록 검박하고 고매함이 드러나 더 큰 존경을 얻는다. 반대로 뛰어난 경영 능력이나 전문성을 가졌지만, 비뚤어지고 폭력적인 성품으로 인해 인생 절정기에 사고를 쳐서 사회적 지탄을 받는 이들도 꽤 많다. 슬프지만 한국의 재벌가에서 심심치 않게 나오는 갑질 뉴스도 이런 경우다.

　그렇다고 타고난 성품을 교정하지 못하는 것은 아니다. 자기 수

양을 통해 개과천선한 사람들도 많다. 그래서 천성 중에는 바꿀 수 있는 것이 있고 바꿀 수 없는 것이 있다고 했다. 나쁜 성품을 바꾼 사람들은 주로 특별한 계기나 인생의 좋은 스승을 만나서 자신이 변했다고 회고한다.

좋은 성품을 타고난 사람은 그 자체로도 많은 복을 받은 사람이다. 사람은 늘 좋은 사람 주변으로 모이기 마련이고, 직원들은 좋은 성품의 상사를 모시기를 원한다. 자연히 좋은 성품의 사람이 있는 모임에선 자신감과 협동심, 배려와 같은 좋은 에너지가 정착된다.

자리가 사람을 만든다는 말이 있는데, 이것은 어디까지나 상대적으로 낮은 지위의 사람이 높은 자리에 오르면서 역량도 더불어 성장하는 현상을 말하는 것이지 그 사람의 성품이 지위에 따라 변한다는 말은 아니다. 오히려 내 경험에 따르면 자리가 사람을 만드는 것이 아니라, 사람에 맞게 지위가 따라가는 경우가 더 많다. 학벌, 재물, 사회적 지위 이 모든 것이 그 사람의 성품을 바꾸진 못한다.

변호사와 의사, 판사 세계엔 그 세계에 어울리는 예법과 문화적 관행이 있는데, 그 문화에 오래 있었다고 품격 있는 성품을 지니게 되는 것은 아니다. 성품은 주로 곤란한 상황에서 부지불식간에 튀어나오기 마련이다. 분명한 것은 사회 속에서 리더, 지도자가 되려는 사람은 말과 행동을 철저히 절제하고 관리해야 한다는 점이다. 세월이 지나면 '존경'과 '흠모'라는 칭찬을 얻는 이들이 있는데, 그들 대부분 좋은 성품의 지도자라는 것을 잊어선 안 된다.

타고난 성품은 자기만 알 수 있는 인성이고 성품이다. 심보가 나쁘면 절대로 변하지 않고 그릇된 버릇으로 사람들의 미움을 산다. 이미 체화된 성품은 자신도 모르는 사이에 나쁜 행동으로 튀어나오기 때문에 조절하기가 대단히 어렵다.

그래서 선현들은 홀로 있을 때 드는 나쁜 마음조차 경계했고, 매일 잠자리에 들기 전 오늘 하루 부끄러운 일이 없었는지를 살피는 수행자의 모습으로 살아가야 한다고 믿었다. 그렇게 마음속 거울을 닦아야 온전할 수 있다고 생각했다. 중국 은나라의 탕황은 자신의 욕조에 다음과 같은 문구를 새겨 놓았다고 한다.

苟日新(구일신) 진실로 하루가 새로웠다면
日日新(일일신) 날마다 새롭게 하고
又日新(우일신) 또 날로 새롭게 하라

오늘날 우리가 즐겨 사용하는 '일신우일신(日新又日新)'의 유래
라고 한다.

여행에서 만난 인생길

여행은 생활의 활력소도 되지만 한 사람의 인생을 완성하는 데 있어서도 필수적이다. 익숙하고 단조로운 동선에서 벗어나 낯선 세상에 자신을 던지는 행위를 통해 우린 새로운 자극과 영감을 얻는다. 여행길에선 친구와의 우정이 익고 감각도 새롭게 만든다.

먼 길을 가는 여행길은 심신을 지치게 하고 때로 곤혹스러운 지경으로 내몰지만, 그것 자체가 여행의 참맛 중 하나다. 여행길에 나서면 사회생활을 통해 강요받았던 근엄함과 어른다움을 벗어던지고 순진한 아이가 된다. 지천으로 피어서 일제히 흔들리는 들꽃의 군무에 경탄하고, 바다를 온통 붉게 불태우며 침묵으로 몰아넣는 낙조를 보며 숙연해진다.

떠난 길 위에서 사람들은 보통 떠나온 집과 가족, 자신의 생활을 돌아보기도 하는데, 어떤 순간 자신이 제대로 살고 있는지에 대해 자문하는 소중한 체험을 얻기도 한다. 이런 경험은 고된 해외여행 과정에서 더 자주 찾아온다. 프랑스에서 출발해서 매일

25여 ㎞의 산맥과 능선을 걸어 스페인의 대성당까지 도달하는 산티아고 순례길이 그렇단다. 이 길을 걷는 사람들은 극심한 육체적 고통 속에서 자신은 무엇을 위해 살아왔고 어떤 가치를 추구하며 살아왔는지에 대해 끝없이 묻는다고 한다. 심지어 자신이 왜 40여 일을 매일 걷는 이 고독한 순례를 선택했는지에 대해 묻기도 한다.

성격에 따라 다르지만 언제나 여행은 낭만과 추억, 그리고 우정을 선물로 남기곤 한다. 친구와 즉흥적으로 떠나는 여행도 좋고 꼼꼼하게 계획을 세워 일정대로 움직이는 것도 좋다. 사람에 따라 계획 없이 떠나서 현지에서 길을 선택하는 여행을 좋아하기도 하고, 계획한 곳을 모두 들르는 깐깐한 여행을 좋아하기도 한다.

장단점이 있지만, 계획 없이 떠나는 여행은 돌아보면 상당히 많은 시간을 허비하게 되는 경우가 많다. 부푼 가슴으로 도착한 명승지와 맛 집 앞에 '오늘은 쉬는 날입니다'이라는 푯말에 허망하게 발길을 돌리거나, 숙소에서 밤새 소음과 모기에 시달리며 잠을 제대로 자지 못한 아침이면 계획의 소중함에 대해 깨닫게 된다. 아쉬움이 남지 않으려면 더 많은 추억을 만들기 위해 계획을 세워야 한다. 그리고 때로 그 계획이 여행의 낭만과 여유를 해치지 않도록 고민해야 한다.

여행을 마치고 돌아오는 길이 가볍고 활력 있다면 성공적인 여행이다. 피로로 초주검이 되었다면, 이다음 여행에 대한 욕심이 생기지 않으리라. 여행에서 꼭 무엇을 보고 남겨야 하는 것은 아니다. 정신적으로 육체적으로 완전히 고갈된 상태에서 떠난 여행이라면 여행은 그저 '쉼'을 제공하는 것만으로도 완벽하다. 잘 풀리지 않았던 문제에 대한 해법을 얻기도 한다. 비 내린 몽골 초원에서 피어오르는 무지개와 밤하늘의 은하수, 북극해 인근해서 바라보는 오로라, 지리산 능선으로 밀려오는 산맥과 같이 아름다운 장소가 잊지 못할 경험을 선사하기 마련이다.

하지만 대부분 여행을 결정짓는 요소는 누구와 함께 가는가와 몸 상태에 달려 있다. 날씨가 좋으면 평범한 시골길도 아름답게 보이고, 좋은 벗과 함께라면 거친 비바람도 추억이 된다. 하지만 몸에 오한이 들거나 발목이 아파서 걸을 때마다 고통이라면 그 여행은 중단해야 한다.

여행길은 우리 인생길과 닮았다. 아주 긴 여행도 언젠가는 끝내고 귀가하듯, 인생 역시 태어났던 빈 몸으로 다시 대자연으로 돌아간다. 여행길이 고단했다고 재미없고 가치 없는 여행이라고 말하지 않듯, 인생길 역시 풍파와 싸우고 때론 거친 오르막에서 비지땀을 흘린다고 그저 고되다고만 할 수 없다. 여행길을 떠나듯 인생길 역시 작은 배낭 하나 짊어졌다고 생각하고 즐겁게 걸었으면 한다.

삶은 결국 관계 유지다

저절로 이루어지는 좋은 관계란 없다. 좋은 관계는 신뢰와 관심 그리고 이해와 배려에 의해 유지된다. 무엇보다 세월을 견뎌 좋은 관계를 유지할 수 있는 후덕함이 필요하다. 한번 맺은 관계를 지속적으로 유지하려면 더 신경도 쓰고 마음이 통해야 된다. 오랫동안 좋은 관계였더라도 한 번 험하게 관계가 깨어지면 다시 회복이 어렵다. 그리고 서운함과 서먹함을 제때 풀지 못하면 각자의 길을 가게 된다.

삶은 결국 관계 유지이다. 관계는 쉽게 맺어지거나 어렵게 연결될 수도 있다. 그런데 관계를 유지하는 힘은 결국 관심과 배려, 진실성과 같은 선한 노력에 달려 있다. 아름다운 관계는 아름다운 마음이 만드는 것이다. 서로의 노력을 서로가 알아주며 그 뜻이 고마워서 더 사랑하게 만드는 것이다.

이렇듯 서로를 위해 노력하면 좋은 관계를 이어 갈 수 있다. 그런데 구체적으로 어떤 노력을 해야 할까. 내 경험에 따르면 너그러이 대하고 상대도 편한 마음을 먹을 수 있도록 진솔하고 여유 있는 대화를 나누는 것이 중요했다. 신뢰가 쌓이고 무엇이든 터놓고 말할 수 있게 되면 더 높은 수준의 관계로 발전하기 마련이다. 어떤 행동을 해도 밉게 보이지 않는 막역지우의 사이로 성장하는 것이다.

하지만 얄궂게도 인간관계의 위기는 아주 편하고 허물없는 사이에서 발생한다. 너무 익숙해서 아무렇지도 않게 던지는 농담과 지적, 또는 반복되는 행동에 서운함을 느끼다가 어느 순간 부딪히며 소원해지는 관계도 많다. 우정을 쌓기엔 오랜 시일이 필요하지만, 그 우정이 깨지는 건 한순간이다. 뜨거운 관심을 유지하되, 관계에 금이 갈 수 있는 행동은 하지 않는 것이 최선이다. 때로는 허심탄회하게 마음의 문을 열고 대화도 나누고 우정을 돈독히 하면서 믿음과 진실함을 보이고 신뢰와 우의를 보여야 한다.

많은 사람과 우의를 나누며 이를 지켜 나가는 사람은 사람 부자다. 사람 부자가 결국 인생에서도 참된 부자가 된다. 많은 사람과 좋은 관계를 유지하는 것은 풍요롭고 행복한 삶을 만들어 준다. 혹자는 이런 풍요로운 관계를 성격의 문제라고 생각할지도 모른다. 하지만 모든 관계의 성장은 관심과 애정과 같은 노력의 산물이다. 사람 부자들은 공통적으로 후덕함과 여유, 진솔함으로 상대를 편하게 해 준다. 자기중심이 아니라 친구 중심이기에 사람 부자가 될 수 있었던 것 아닐까.

2부

마음속 촛불 하나

저 별이 빛날 때

●

간절히 소망하면 이루어진다고 한다. 꿈과 희망에는 사람을 움직이는 힘이 있다. 사람이 간절히 열망하면 성취를 위해 노력하게 된다. 우리 생의 진리 하나가 바로 이것이다. 간절히 열망하면 반드시 이루어진다. 꿈을 이루는 자와 그렇지 못한 자의 차이는 환난에서 드러난다. 동굴 같은 암흑 속에서도 희망 한 조각을 믿고 헤쳐 나오는 사람이 있고, 그 자리에서 그 끈을 놓아 버리는 사람이 있다.

희망이 없는 사람에게 삶이란 숨을 쉬며 세월을 견디는 것일 뿐이다. 살아 있어도 생명력이 없고, 지향이 없기에 늘 부초처럼 흔들린다. 인내하는 자에겐 소망이 있다. 그래서 희망과 인내야말로 사람 인생에서 가장 소중한 에너지라고 할 수 있다. 꿈을 실현하는 과정에서 인내는 필수적인 것이며, 그 과정에서의 노력이 결국 꿈을 이루게 한다. 희망이 있기에 노력하고, 노력하기에 성취할 수 있다.

희망은 만병을 다스리는 치료제다. 역경을 견딜 수 있게 하는 신비의 묘약이다. 희망의 끈을 잡아 긴 터널을 벗어난 사람은 고통조차 인생의 수업료라고 생각한다. 희망을 품고 준비한 이들에겐 고통이 비약할 수 있는 버팀목이 된다. 그래서 희망은 사람을 단련하기도 한다. 단련된 사람에겐 승자의 여유와 유머가 있다. 희망을 가진 사람의 인생이 다른 이유다.

시련 뒤에야 피는 꽃

비 내린 후에야 산 너머에 무지개가 피어오른다. 시련이 있어야 인생이고, 실패의 곡절을 딛고 일어나는 것이 생의 묘미다. 늘 행복할 수만은 없다. 역설적이게도 사람은 반복되는 행복을 견디지 못한다. 어느 순간 그 안온함은 지루함이 되고, 생은 무기력해진다.

지금도 그렇지만, 목도장은 벽조목으로 만든 것을 최고로 친다. 이 벽조목은 장마철이나 가을비 내리는 어느 날 벼락을 맞은 대추나무로 만든다. 수억 볼트에 달하는 벼락이 대추나무를 내리치면 그 속은 수천 도까지 오르며 나무 안의 수분을 증발시켜 조직이 수축된다. 이렇게 수축된 나무 조각은 물에 던져도 결코 뜨지 않을 정도로 밀도가 높고 단단하고 무겁다. 대추나무에 악귀를 쫓는 힘이 있다고 믿었기에 이 벽조목 도장은 아이의 백일 선물이나 사업 운을 가져다주는 선물이었다. 고목의 단단함이 여름날 장마와 벼락을 견딘 결과라는 점이 흥미롭다.

대추나무는 시련을 견뎌 더 많은 열매를 맺는 나무라고 알려져 있다. 지금도 시골에선 대추나무가 열매를 잘 맺지 못하면 나무 밑동에 염소를 매어 놓는다고 한다. 염소가 움직이며 나무를 괴롭힐수록 나무는 긴장하여 번식에 온 힘을 다하게 되는데, 그해 수확된 대추는 예년의 곱절이라고 한다.

시련과 성취는 음양의 조화처럼 서로 떨어질 수 없는 요소다. 고난 뒤에 찾아오는 행복이 더 값지게 느껴지는 것처럼 말이다. 사실 인생에 괴로움과 좌절이 없다면 무슨 재미로 살겠는가. 사람이 백년을 산다 해도 고작 삼만 육천 오백 일이다. 이 중 잠자는 시간, 어린 시절, 그리고 황혼기를 제외하면 사람이 고난을 극복하고 생명력으로 행복을 꽃피울 수 있는 시간은 그리 길지 않다.

시련이 닥쳤을 때 자신의 숙명과 불운을 탓하며 좌절하는 사람이 있는가 하면, 그 반대로 이 시련을 자신을 더욱 강하게 단련하게 만드는 계기로 인식하는 사람이 있다. 모든 성공은 수백 번의 패착을 딛고 이루어진 것이다. 도전하지 않으면 실패도 하지 않지만, 성공한 사람은 반드시 실패하게 되어 있다. 인생의 승리자란 결국 자신 앞에 던져진 이 불행과 난관을 극복한 사람이 아닐까.

생의 묘미는 시련에 있다. 위대한 성공은 시련 뒤에 온다. 인생의 꽃은 시련 뒤에 핀다. 삶의 과정이 행복이 된다. 즐겁게 일하고 가진 것에 만족하며 희망이 있으면 행복한 인생이다.

선택하는 순간

신은 늘 질문을 던질 뿐, 선택은 늘 인간의 몫이라는 말이 있다. 인생을 잘게 나누면 매 순간이 선택의 연속이었다는 것을 알게 된다. 결국 인생은 매 순간의 선택이다. 선택이 모여 하루가되고, 그것들이 지금의 나를 만들었다. 하루가 사람의 선택으로이뤄진다는 건 무서운 말이다. 무한한 기회 대부분을 흘려보내는사람이 있을 것이고, 새로운 선택을 하는 사람이 있을 것이다.

우리가 선택하지 못하는 것이 있다면 태어남과 죽음이다. 국가와 부모를 선택하지 못하며, 죽을 때와 그 형태를 알지 못한다.누군가 그랬다. 행복한 사람은 자신이 선택할 수 있는 것에 집중하고, 불행한 사람은 선택할 수 없는 것을 한탄한다고. 결국 운명은 생에서 선택할 수 있는 것을 제때 선택해 온 사람을 향해 웃는다.

만약 우리가 과거의 한 시점으로 돌아갈 수 있다면 어떤 선택을할까. 아마 많은 사람은 자신의 실수와 과오를 만회하기 위해 과거로 돌아가 자신에게 경고할 것이다. 우리는 과거로 돌아갈 순 없지만 미래에 좋은 선택은 할 수 있다. 바로 이것이 중요하다.

사람의 운은 모두 제각각이라 어떤 이의 인생은 큰 강이 유유히 흐르듯 원만하다. 또 어떤 이의 인생은 굽이굽이 부딪히며 불운과 마주친다. 한마디로 재수가 없는 사람이 있다. 하지만 사람 인생 아무도 모른다. 가정 형편이 좋고 도와주는 사람이 많아 성공한 사람이 말년에도 늘 행복할 것이라는 보장은 없다. 하지만 매 순간 어려움을 견디며 자수성가한 사람의 말년은 쉽게 꺾이지 않을 것임을 안다.

매일 새로운 선택을 하자. 선택할 것을 새롭게 창조하는 인생이 보람 있다. 도전하지 않는 사람에겐 선택할 것이 별로 없다. 그저 어제와 같은 오늘을 살아갈 뿐. 하루를 열심히 사는 것에 만족할 것이 아니라 목표를 위해 오늘 무슨 선택을 했는지가 훨씬 중요하다. 신은 질문을 던질 뿐, 선택은 인간의 몫이다.

이 또한 순리다

순리(順理)대로 산다는 말에 대한 곡해가 아직도 많은 듯하다. 순리대로 사는 것을 마치 도전하지 않는 순응적 태도로 이해하는 것이다. 특히 젊은 세대는 순리와 순응을 주어진 숙명에 따르는 태도 정도로만 이해하는 듯하다. 하긴 인공지능이 천재 바둑기사 이세돌을 꺾는 세상이다. 과거 100년 동안의 변화가 지금은 1년 안에 이루어진다. 격변하는 세태 속에 '순리'는 재미없게 느껴질 수도 있다.

하지만 순리(順理)에는 더 깊은 진리가 담겨 있다. 세상에서 변하지 않는 진리는 세상은 늘 변하고 있다는 것이다. 계절이 순환하듯 사람의 길흉화복 또한 순환한다. 어둠이 있으면 빛이 있고, 나락이 있다면 그 끝도 분명히 존재한다. 사람은 누구나 죽고, 세상 영원한 것은 어디에도 없다는 것, 이것이 바로 순리다. 순리란 자연과 사람의 이치를 뜻하며 응당히 지켜야 할 세상의 법칙과 인간의 도리를 말한다. 결국 세상의 참된 도리를 따라 사는 것이 순리대로 사는 것이다.

자연에도 순리가 있듯, 인생에도 순리가 있다. 겨울을 견뎌 봄을 품은 씨앗이 꽃을 피우듯, 인생에도 기다려야만 찾아오는 것이 있고 정성을 쏟아야 결실을 맺는 것이 있다. 내가 타인에게 베푼 것은 시간이 지나면 반드시 내게 돌아온다. 계절이 순환하듯 인생 또한 메아리다. 일과 생활의 조화 역시 마찬가지다. 결과는 오직 과정을 통해 오는 것이고, 목표보다 중요한 것은 그것을 성취하는 과정에서 이룩한 특별한 가치들이다.

인간관계에서도 이 순리의 법칙은 그대로 적용된다. 다산(茶山) 정약용 선생께서는 순리를 말하면서 과거를 후회하지 말고 현실을 온전히 받아들이면 편하다고 말하셨다. 삶을 억지로 좋게 만들려고 무리하지 말고 순리대로 지혜롭게 살아가는 것이 최고의 기쁨이다. 순리대로 살면 행복하다.

만족하면 행복하다

●

지혜로운 사람은 정도(正度)와 선도(善道)로 가고 어리숙한 사람은 사도(私道)와 악도(惡道)를 걷는다고 했다.

有智慧者(유지혜자) 지혜로운 사람은
蒸米作飯(증미작반) 쌀로 밥을 짓는 것과 같고,
無智慧者(무지혜자) 어리석은 사람은
蒸沙作飯(증사작반) 모래로 밥을 짓는 것과 같다

길이 아니면 가지를 말고, 미혹되었다면 다시 돌아와야 한다. 잘못 간 길을 합리화하고 정당화하면 잘못된 길을 계속 가게 된다. 잘못은 고치면 되고, 고장 난 것은 고치면 된다. 그런데 잘못하지 않았다고 우기며 흠결을 감추면 자꾸만 반대편으로 가게 된다.

나를 아는 자는 남을 원망하지 않고, 천명을 아는 자는 하늘을 원망하지 않는다. 모든 화복이 나로부터 싹튼다. 세상을 자기 보고 싶은 대로만 보는 자는 순리를 아는 자를 이길 수 없다. 세상에서 가장 부자는 만족할 줄 아는 사람이다.

언젠가 부탄 사람들이 세계에서 가장 행복한 사람이라는 말이 돌았다. 그리고 이후 부탄에 인터넷이 급격하게 보급되자, 부탄 국민의 행복감이 날로 떨어졌다고 한다. 소셜 미디어를 통해 다른 나라와 자신의 생활수준을 비교하게 되었고, 추악하고 나쁜 소식을 여과 없이 접하게 되면서 그들의 삶에 대한 만족감이 떨어졌다는 것이다.

그런데 이런 현상은 비단 부탄에서만 생긴 것은 아니다. 소셜 미디어로 세계가 하나로 묶이자, 사람들은 자신과 타인을 더 자주 비교하기 시작했다. 부를 과시하는 콘텐츠를 보게 되면서 세계인의 행복도가 하락했다는 통계도 많다.

물론 부탄의 행복지수는 조금 와전된 이야기다. 부탄 1위 행복지수라는 근거는 부탄의 자체 조사였다. 사실 UN이 조사한 국민행복지수 상위권은 늘 노르웨이, 핀란드, 덴마크, 아이슬란드와 같은 북유럽 국가가 차지하고 있다. 왜냐면 UN(지속가능발전위원회)이 설정한 국민행복지수엔 1인당 GDP와 어려움이 생겼을 때 도움을 줄 수 있는 사람과 기관의 숫자, 기대수명, 직업 선택의 자유와 사회적 관용, 부패지수가 측정 기준이기 때문이다. 이 기준에 따르면 부탄의 국민행복지수는 100위권 정도이다. 이렇듯 개인이 느끼는 행복감은 어떤 잣대로 재느냐에 따라 달라진다.

그래서 남과 비교하는 행위가 불행의 씨앗이라는 건 충분히 공감 간다. 행복의 기준을 산술적인 목표에 두면 그 행복이 달성된 이후엔 행복감을 느끼기 어렵다. 불행감 또한 이와 같아서 남과 비교하면 할수록 불행해지기 마련이다. 삶의 윤택함을 경제력과 소비 수준으로만 접근하는 인식이 보편화되면서 현대인들의 만족감은 떨어지고 있다. 자신만의 가치와 기준이 없으면 언제든 우린 이런 획일화된 바람에 휩쓸릴 수 있다.

만족이 행복의 시발점이다. 만족할 줄 하는 자가 최고의 부자이며, 작은 것에 감사하고 소박한 일상에서 충만함을 느끼는 사람이 제일 행복한 사람이다. 자신의 건강에 감사하고, 맛난 음식을 먹고 좋은 풍경을 볼 수 있음에 행복하자. 오늘 하루 주어진 삶에 자족(自足)하면 행복하다. 조그마한 것에 만족할 줄 알아야 생활에서 소중함과 고마움을 느끼게 되고, 그런 사람이 행복의 비결을 아는 진짜 부자다. 항시 즐거운 마음으로 사람 냄새를 풍기는 성실한 삶을 사는 것이 진짜 인생이다.

어깨에 힘 빼고

●

살면서 가장 어려운 일 중 하나가 마음을 비우는 것이다. 마음을 비우는 것은 수천 년간 이어져 왔던 불교, 도교, 기독교의 수도자들도 평생의 목표로 생각할 정도로 간단치 않은 것이었다. 언제나 마음을 비운다는 것은 어려운 일이지만, 자주 결심하고 노력하는 것은 가능하다. 나는 재물과 관련한 욕심이나 심하게 손해 보는 느낌이 드는 날이면 내려놓는 연습을 한다.

'그냥 놓아 버리자.
모든 일을 세상 순리대로 맡기자.
손해 보는 것을 즐겨라.'

이런 식으로 자기 암시를 하고 마음에 들어찬 복잡한 셈법과 욕망을 덜어 내기 위해 노력한다. 마음 비우기를 결심하고 일을 처리했을 때 자신감이 생기고 나의 모든 행동이 자연스럽고 당당해지는 것을 느낀다. 상대에게 바라는 것이 없으니 서운함이 없고, 설사 그 결과 손해를 보거나 형편없는 이익을 얻더라도 마음은 가

법다. 하루의 욕심을 버리고 다음에 찾아올 욕심을 다시 비워 낸다면 내 마음속 자유의 크기는 더욱 커질 것이다.

처음 운동을 배울 때나 중요한 경기가 있을 때 운동선수들은 어깨에 힘을 빼는 연습을 반복적으로 한다. 골프채를 휘두르는 일도 이와 같아 마음을 비우고 어깨에 힘을 빼는 것이 가장 어렵다. 더 잘 치려는 욕심, 공을 더 멀리 칠 욕심으로 은연중에 힘이 들어가기 마련이고, 힘을 들인 만큼 결과가 안 좋다.

이는 야구 선수도 마찬가지여서, 실력이 뛰어난 투수라도 마운드 경험이 별로 없다면 관중들의 함성으로 마음이 동요되어 어깨에 힘이 들어가기 마련이다. 그래서 훈련 중에는 좀처럼 볼 수 없었던 폭투로 이닝을 채우지 못하고 강판되는 경우가 많다. 이것은 세상을 잘 살아가는 이치와도 닮은 듯하다.

마음을 비우는 연습을 하면서 발견하게 되는 것은 사랑과 순리라는 가치다. 허겁지겁 산을 오를 때 보이지 않던 들꽃이 완만한 능선을 타고 걸을 땐 마냥 아름답게 보이는 것처럼, 내 욕망을 덜어 내고 한 발 떨어져서 앞을 보면 사람의 가치와 잃지 말아야 할 인생의 순리가 언제나 내 발밑에서 빛나고 있었다. 다만 그것을 보지 못했던 것뿐이다.

마음 비우기가 매력적인 이유 중 하나는 오직 자신만이 체감할 수 있는 행복이라는 데 있다. 황혼녘 마지막 언덕길에 무엇을 바리바리 짊어 들고 갈 것인가. 이제 짐은 하나둘 내려놓고 석양과 들꽃의 향연을 감상하며 걸어야 할 때 아닌가.

유식한 바보

유식한 바보들이 너무나 많다. 박사 뺨칠 정도의 지식을 가졌지만, 그것을 활용하지 못해서 꿈을 이루지 못하고 회환 속에 사는 이들이 많다. 아는 것은 많지만 이를 자신의 처지에 적용해 성과를 내지 못하는 경우다. 죽자고 공부한다고 좋은 회사에 들어가거나 출세하는 것도 아니다. 남들 다 할 줄 하는 재능은 그만큼 가치가 떨어진다. 공부가 그중 하나다. 꼭 지식이 아니더라도 남들이 안 하거나 남보다 잘할 수 있는 일을 하는 사람이 현명하다. 누가 뭐라고 해도 그것이 바로 세상이 원하는 것이다.

'백면서생(白面書生)'이라는 말이 있다. 일하지 않고 책만 파서 얼굴이 희멀건, 세상물정 모르는 사람이라는 뜻이다. 많은 사람이 책 속에 답이 있다고 말하지만, 세상은 급변하고 때와 장소에 따라 옳은 선택을 하는 것은 책 속의 지식과는 별개이다. 중요한 것은 지식이 아니라 행동하는 것이며, 아는 지식을 현실에서 활용하는 것이다. 그 사람이 바로 현자(賢者)다.

유식해서 오히려 자신이 만든 덫에 빠지는 경우도 많다. 최근 사기 사건 피해자 중에 고학력 지식인들이 많은 것도 이유가 있다. 세상만사 잘 안다고 생각하는 유식한 사람의 착각이 만든 결과이다. 그리고 고학력의 박식한 사람이라고 모두 자신의 꿈을 이루는 것은 아니다. 고시에 합격하거나 화이트칼라 연구직이 아니라면 대체로 꿈은 학력과 상관없다.

성공을 위해 중요한 것은 지식이나 학력 이런 것들이 아니다. 오히려 귀한 사람을 자신의 벗으로 만들 수 있는 신의와 약속을 잘 지키는 성실함, 만나는 이들에게 좋은 인상을 주고 세월이 흘러도 자신을 존경하게 만들 수 있는 겸손함 같은 것들이다. 자신만이 겪은 인생 경험을 현실에 적용하는 것도 도움이 된다. 이런 이들은 자신이 알고 있는 것을 원칙으로 삼되 끝없이 배우려 한다.

끝으로, 가장 중요한 것은 실천하는 것이다. 아는 것과 행하는 것은 하늘과 땅 차이다. 적게 아는 것을 바로 실천하는 자와 많이 알아도 갖은 핑계를 대며 행하지 않는 자 중 성공하는 사람은 누구일까. 자신이 가진 것을 소중히 여겨 실행하자. 적어도 유식한 바보는 되지 말자.

싱글에 도전하는 골퍼들

나는 싱글에 도전하고 있다. 아직은 아마추어 골퍼로 오랫동안 연습하고 레슨도 받았지만 역시 쉽지 않은 길이다. 18홀 72타를 기준으로 오버하는 타수(스윙) 81타까지는 싱글로 인정하지만, 한국 골퍼들은 대략 79타의 실력까지 싱글로 인정하고 있다. 그래서 속칭 싱글 골퍼의 세계를 '7짜'라고도 부른다. 참고로 한국 프로 선수들의 평균 타수가 72타(±5타) 정도다. 4라운드 KPGA 시합에서 70타 미만을 4회 기록하면 보통 우승한다.

싱글 역시 초보적인 실수가 없어야 하고 꾸준히 버디를 기록해야 하며, 웬만해선 벌타를 받지 않을 정도의 실력이 있어야 한다. 다시 말해 기복 없이 역량을 펼칠 수 있는 내공의 소유자가 싱글 골퍼다. 기복 없이 치는 것이 어려운 이유는 골프장의 여건 때문이다. 한국의 골프장은 봄에 잔디가 자라지 않아 맨땅이고, 여름이면 잔디가 거칠어지고, 겨울엔 콘크리트로 변한다. 싱글 골퍼는 프로로 도전할 수 있는 실력을 가졌다는 뜻이다. 골프를 단순히 취미로 즐기는 데에서 그치지 않고 좀 더 전략적으로 스코어를 끌어올리는 사람들이다.

정말 마음대로 되지 않는 것이 골프였다. 마음을 비우고 힘을 빼는 것도 쉬운 일이 아니다. 홀인원이나 이글을 해 보려고 열심히 골프를 했지만 노력만큼 금방 실력이 따라오지 않는 것이 또 골프의 세계다. 골프는 자신감과 인내심, 꾸준한 연습을 필요로 한다. 바른 자세와 일관성 있는 방향성, 비거리 확보와 쇼트게임에서의 정확성, 퍼터 감각과 같은 기본기는 물론이고 골프장의 잔디 상태와 거리 파악 등도 잘 파악해야 하는 스포츠다.

욕심 때문에 힘이 들어가면 평소 실력도 나오지 않는다. 골프는 창의적 사고와 전략적인 마인드가 필요한 스포츠다. 가령 쇼트게임은 홀에 가까이 붙이려고 하지만 될 수 있는 대로 홀에 넣는 것으로 목표를 수정하면 어떨까. 타이거 우즈도 쇼트게임을 하루 5시간 연습한다고 한다. 골프를 잘하기 위해선 쇼트게임 연습을 많이 해야 한다는 것이다.

골프를 해 봤기에 싱글의 세계에 도달하기까지 얼마나 지속적인 연습과 훈련이 필요한지 안다. 나는 약점을 보완하기 위해 다양한 방법으로 연습한다. 어느 날은 한 손만으로 연습하고 위기를 기회로 만드는 대담성을 기르기 위해 마인드 컨트롤을 한다.

나에게 꼭 맞는 클럽을 선별하는 안목도 높이고 있다.

나는 드라이버 샷을 잘하고 아이언 샷도 보다 정확하게 끌어올리고 싶다. 퍼터 연습도 많이 해서 싱글에 꼭 합류하고 싶다. 하면 된다는 자신감과 배운 대로 아는 대로 부드러우면서도 매끄러운 거리감을 통달하고 싶은 것이다. 요즘 젊은이들 사이에서 "중요한 것은 꺾이지 않는 마음"이라는 말이 유행이라고 한다. 포기하지 않고 노력해서 반드시 싱글 골퍼가 되고 싶다.

낮잠은 불로초와 같다

●

하루 잠깐의 낮잠은 보약 10첩보다 영험하다. 낮잠이 장수와 건강에 도움 되고 업무 효율을 높인다는 연구 결과는 많다. 스위스 로잔대학교, 하버드 의과대학교, 일본국립정신신경센터 등에서의 연구 결과는 유사했다. 낮잠은 심근경색, 뇌졸중과 같은 심혈관 질환의 위험률을 최대 48%까지 낮춘다고 한다. 또 낮잠은 혈압을 안정화하고 단기기억을 장기기억으로 전환시킬 뿐 아니라 업무 중 실수를 15% 이상 줄여 주는 효과를 가져다준다고 한다. 한마디로 낮잠은 한낮의 피로를 단번에 리셋해 주는 효과를 준다.

효과적인 낮잠을 보통 15분에서 30분 사이라고 하는데, 억지로 잠자려고 할 필요는 없고 편한 소파에 앉아 안대를 쓰고 휴대폰을 보지 않는 습관을 얼마간 들이면 자연스럽게 잠에 빠져들게 된다. 잠은 부지불식간에 오는데, 보통 낮잠 자는 습관이 없는 사람은 최대 3개월가량을 이런 식으로 반복적으로 쉬어 주면 어느새 낮잠을 즐기는 자신을 발견하게 된다.

영국의 처칠 수상, 미국의 케네디 대통령, 세계적 기업가 록펠러 등 많은 사람이 자신의 생활과 업무의 원천이 낮잠에 있다고 밝혔다. 록펠러는 비서에게 낮잠 시간만큼은 대통령이 찾더라도 깨우지 못하도록 했다고 한다. 프랑스는 정부 차원에서 하루 15분 낮잠 자기 캠페인을 벌였고, 나사(NASA)와 구글, 나이키는 아예 '낮잠 방'을 준비해서 20분 정도의 낮잠을 장려하고 있다. 낮잠이 창조력과 업무에 대한 열정을 높여 준다는 이유에서다. 이렇듯 낮잠의 효능은 보편적으로 인정받고 있다.

다만 낮잠을 너무 길게 자면 밤잠의 컨디션이 망가질 수 있고, 깨어났을 때 정신이 몽롱해져 무기력해질 수 있다고 한다. 그래서 전문가들은 가장 효율적인 낮잠 시간으로 20분 내외를 추천한다. 이 짧은 시간의 수면이 밤에 2시간을 자는 것과 같은 효과를 준다고 한다. 서울 종로에도 '낮잠'이라는 브랜드의 직장인을 위한 낮잠 전문점이 생겼다. 전날 과로했거나 잠이 부족한 사람들이 해먹에 누워 잠을 자고 원기를 회복해 직장으로 복귀한다고 한다.

특히 노년기에 들어서 낮잠 습관을 가지는 것은 중요하다. 질병 예방은 물론이고 생활의 활력을 돋우어 주는 비타민의 역할을 하기 때문이다. 『동의보감』에서도 "사람이 낮잠을 자지 못하면 기가 빠진다."고 했다. 낮잠을 자면 하루를 두 번에 걸쳐 나눠서 사는 것과 같은 느낌을 받는다. 낮에 소파에 누워 스르르 잠에 빠져들다 깨면 오전에 얻지 못했던 문제의 해법이 보이거나, 부정적으로만 생각했던 일들을 해낼 수 있는 영감을 얻기도 한다.

행실이 깨끗해야 예우받는다

●

사람의 성격은 얼굴을 보면 알 수 있고, 사람의 본성은 태도에서 나타나며, 사람의 감정은 음성으로 읽을 수 있다. 센스는 옷맵시로 드러나고, 청결함은 머리카락과 손톱을 보면 알 수 있다. 패션 감각이나 청결함은 약간만 노력하면 습관으로 길들일 수 있다. 하지만 사람의 마음과 태도는 쉽지 않다. 특히 성실함과 같이 유년 시절부터 학습되고 청년기에 몸에 배는 삶의 태도는 더욱더 그렇다.

성실함은 한결같은 마음에서 비롯된다. 평소 몸을 낮추고 무엇이든 배우려 하고, 남에게 칭찬과 감사를 전하는 습관 또한 잠깐의 노력으로 할 수 있는 것이 아니다. 매사 진지하고 작은 것을 소중히 생각하는 삶에 대한 애착심이 이런 성실한 태도를 만든다.

판단력이 부족해 사업에 실패하는 경우가 있고 사람을 잘못 사귀어서 곤경에 처하는 경우도 많다. 하지만 그보다 압도적으로 많은 경우는 바로 성실함과 인내심 부족으로 겪는 실패다. 성실하고 인내심 많은 사람은 한번 거꾸러졌다고 해서 주저앉지 않는다. 몇 년이 지나서 만나면 더 강해진 모습으로 일어서 있는 모습을 볼 수 있다.

성실하면 지혜도 저절로 생긴다. 성실한 사람 주변에는 좋은 사람들이 몰려들기 마련이고, 성실한 면모만 보고도 함께 일을 도모하자고 하는 사람이 많은 까닭에 성실한 사람은 좋은 사람에게서 많은 영감을 얻고, 남들이 겪을 귀중한 인생 경험을 보다 압축적으로 겪는다. 본능적으로 부실한 구상과 얄팍한 심보를 알아보게 되고, 무엇이든 직접 몸으로 체득해서 깨달은 이후에야 움직인다. 성실한 사람이 사업에 실패할 확률이 낮은 이유는 바로 이때문이다.

몇 천만 원을 주고 소문난 맛집의 레시피를 사서 6개월 정도 준비하고 창업하는 사람을, 성실한 이들은 이해하지 못한다. 성실한 사람은 음식점을 차리기 전에 좋은 음식점에 종업원으로 들어가 수련하며 해당 업계의 생리를 파악하고, 맛의 계보를 연구한다. 컨설턴트의 말을 듣고 목 좋은 곳을 고르진 않고, 자신이 살아 본 연후에 그 동네에 대한 창업을 준비한다.

성실함은 오랜 세월 고된 일과를 규칙적으로 수행했던 자가 얻은 깨달음의 결과다. 성과를 만들기 위한 땀과 시간의 소중함을 인생 교훈으로 얻은 자들이다. 그래서 성실한 자가 보통은 현자(賢者)가 된다.

젊었을 때 알았다면 좋았을 것들

●

우리 학창 시절엔 "왜?"라는 질문에 대한 답을 얻기 어려웠던 것 같다. 공부를 열심히 해야 하는 이유는 좋은 대학을 가기 위해서이고, 좋은 대학을 가야 하는 이유는 학교 담장 건너 공사장에서 일하는 잡부가 되지 않기 위해서라고 선생님은 말씀하셨다. 이제 은퇴할 때가 되니 젊었을 때 반드시 해야 할 것이 있다는 것을 알게 되었다.

청춘은 짧고 인생은 길다. 그리고 청춘 시절의 도전이 생의 절반 이상을 규정한다. 이것이 바로 젊음이 귀한 이유다. 젊었을 때 해야만 하는 일이 따로 존재하는 이유다. 매우 역설적이지만, 젊었을 때 세상이 어떻게 돌아가는지를 알았어야 했다. 서책 안의 관념이 아니라 실제 세상이 어떻게 작동하는지를 알아야 한다.

사람의 노동은 사회에서 어떤 역할을 하고, 특별한 재능이 세상을 어떻게 바꿀 수 있는지를 알아야 한다. 경제 수업도 해야 한다. 화폐와 자본이 움직이는 법칙을 알아야 하고, 돈으로 할 수 있는 것과 돈으로 사지 못하는 중요한 가치에 대해서도 고민해야 한다. 그래서 젊었을 때 세상을 배워야 하고, 어른들은 이것을 가르쳐야 한다고 믿는다.

젊음은 가능성이다. 청년들은 꿈을 꾼다. 어른들이 꿈을 이루게 할 순 없지만, 다만 여러 길을 알려 줄 수 있다. 불가능하다거나 너에겐 재능이 없다고 말하는 것은 금물이다. 배구 선수 김연경은 키가 자라지 않아 수비만을 집중적으로 익혔고, 축구 선수 박지성은 왜소한 체격으로 인해 공간과 패스에 대한 기술을 집중적으로 연마해야 했다. 그 과정을 통해 그들은 슈퍼스타가 되었다.

그렇다고 청년에게 "무엇이든 가능하다."거나 "좋아하면 성공한다."는 뻔한 거짓말을 할 필요는 없다. 세상 일이 뜻대로 되지 않는 건 노인이나 청년에게나 마찬가지다. 다만 노력에는 반드시 보상이 따른다는 것은 분명하다. 땀은 결코 배신하지 않는다는 것을 아는 것도 중요하다. 비록 자신의 꿈을 이루지 못할 순 있지만, 다른 꿈을 꾸게 해 주는 것도 노력이다.

자수성가한 사람들의 직업은 다양하지만 공통점이 단 하나다. 그들은 젊었을 때의 노력과 실패의 경험이 지금의 나를 만들었다고 말한다. 청년기는 소망하고 자신을 믿고 노력하는 시기다. 전공도 그렇지만, 인생 공부도 사회 공부도 젊었을 때 해야 한다. 나이 먹을수록 선택지가 줄어들기 마련이다.

마음의 그릇

잘못 놓인 그릇에는 비가 억수같이 쏟아져도 물이 담길 수 없다. 가랑비가 내려도 제대로 놓인 그릇에는 물이 고인다. 살아가면서 한 번쯤은 자기 마음의 그릇이 제대로 놓여 있는지 확인해 볼 일이다.

흔히 쓰는 말 중에 감사라는 말처럼 아름답고 진심 어린 낱말은 없을 성싶다. 감사가 있는 곳에 사랑이 있고 기쁨과 여유가 있다. 항시 감사하며 살자. 이 짧은 인생길에 언성 높이지 말고 가슴에 못질일랑 하지 말고 즐거운 마음으로 살자. 이해하는 너그러운 마음으로 살자. 인생을 살아가는 데 중요한 것은 나를 믿고 사랑하는 것이고 나에게 확신을 갖는 것이다. 가치 있는 인생을 살면서 가치 있는 사랑을 하는 것이 최고의 삶이고 행복이다.

내 마음의 그릇은 과연 얼마나 될까. 내 마음의 그릇에 사랑의 씨앗을 뿌리면 날마다 기쁨의 꽃을 볼 수 있을까? 볼 수도 만질 수도 없는 것이 마음이지만, 사람을 움직일 수 있는 것은 진실한 마음뿐이다. 닫힌 마음을 열 수 있는 건 당신뿐이다. 마음의 비밀번호를 오직 당신만 알기에 마음공부는 자신만이 할 수 있는 특권이다. 마음의 그릇이 내 인생의 척도인데, 내 마음의 그릇은 과연 얼마만 할까?

저 넓은 바다처럼 넓은 마음의 그릇이었으면 좋겠다. 사람의 마음은 비울수록 마음의 여유가 생기고 행복도 찾아온다. 마음이 청춘이면 몸도 청춘이고 인생도 청춘이다. 사람의 행복을 찾는 것이 마음의 길이고, 인생을 엮는 것도 마음이고, 희망을 꿈꾸는 것도 마음이고, 하루하루가 마음에서 온다. 마음이 밝으면 병에 강하다. 마음이 가는 대로 살면 인생이 아름답다. 아름다운 얼굴이 초청장이라면 아름다운 마음은 신용장이다.

강한 사람

강하면서도 밝게 살아가는 사람이 원만한 인생을 산다. 덕을 베
푸는 사람은 사람의 신뢰와 인심을 얻어 결국 사람들의 마음을 이
끄는 강한 힘을 가지게 된다. 재물이 많거나 권력 있는 사람이 아
니라 많이 베풀어서 '의리 있는 내 편'을 많이 가진 사람이 힘 있
는 사람인 법이다. 조직이 무너지는 것은 3%의 반대자 때문이며,
10명의 친구가 한 명의 적을 당해 내지 못할 때가 많다. 악연을
만들지 말고 비난하지도 말며 오직 내 편이 되도록 최선을 다해
진실하게 보듬어 주는 것이 강한 사람이 되는 길이다.

마음이 밝으면 항시 편하고 여유도 생겨 만사형통한다. 욕망을
자제할 줄 알고 늘 너그러운 마음으로 대인 관계를 유연하게 하
면서 사람들과 친분을 두텁게 하는 이가 강한 사람이다. 사람의
마음은 대개 비슷해서 끌릴 만한 사람에게 끌리기 마련이다. 가
식 없이 따뜻하게 대화하는 사람, 침울한 말이나 불평보다는 긍
정적인 언어로 즐거움을 주면서 진실하게 말하는 사람을 마다할
자가 누가 있겠는가.

그래서 돈과 권력 이전에 먼저 좋은 인간이 되어야 하고, 사람을 알아볼 줄 알아야 한다. 그것이 세상에서 가장 강력한 힘이 된다. 이를 위해 우린 스스로 좋은 인간이 되려고 노력해야 한다. 이해타산에 젖어 사람을 평가하고 이익만을 따지진 않았는지 경계하고 고쳐야 한다. 유유상종에 예외는 없다. 좋은 사람을 만나고 싶으면 먼저 나부터 먼저 좋은 인간이 되어야 한다. 각종 애경사에 참석하고 함께 기뻐하고 함께 슬퍼하자. 네 일이 내 일 같아야 내 일도 네 일이 된다.

한 번 형성된 인맥은 영원한 인맥으로 남기자. 인연을 소중히 여겨서 언제나 진솔한 만남으로 참된 우정을 가꾸며 살자. 어떤 사랑은 세월도 이겨 내고, 국경도 초월한다고 했다. 진실한 우정 또한 그렇다. 벗을 위해 참되게 만나며 낭만을 구가하는 과정 그 자체가 나중엔 인생의 큰 힘이 된다.

자유를 향한 인간성 회복

사람은 누구나 자유를 갈망한다. 우리나라와 같은 자유민주주의 국가에선 자유가 마치 공기와 같아 이를 느끼지 못할 때가 많지만, 바로 위의 북한이나 중국, 러시아와 같은 일당독재 국가나 전체주의 국가의 국민에게는 작은 자유 한 조각이 너무나 절실하다. 당장에 지도자나 국가체계에 대한 불만을 말하다 체포되어 구금되거나 소리 소문 없이 사라지는 이들이 너무나 많다.

그런데 국가가 아무리 거주 이전의 자유, 직업 선택의 자유, 언론의 자유, 집회의 자유와 같은 기초적인 권리를 보장한다고 해도 모든 이들이 자유를 만끽할 수 있는 것은 아니다.

직장인은 고단한 몸을 이끌고 매일 출근하는 것이 고역이고, 앳된 아이를 키우는 맞벌이 엄마는 유치원 하원 시간이 되면 안절부절못한다. 돈이 없어도 속박된다. 볕 좋은 가을날에도 언감생심 단풍 구경은커녕 일해야 하기 때문이다. 시간을 마음대로 쓰지 못하며 돈을 뜻대로 쓰지 못하는 삶에서 사람들은 자유가 없다고 느낀다.

그렇다면 부자들은 자유로움을 느끼고 살까. 당연히 가난한 이들보다야 더 자유로운 선택을 할 수 있고 작은 것에 속박당하지 않기 때문에 더 많은 자유가 주어진다고 볼 수 있다. 하지만 그들은 더 많은 자유와 돈을 원하기에 결코 지금의 자유에 만족하지 못한다. 그래서 많은 부자들은 스스로를 속박한다. 은행에서 대출을 하고, 사업을 새로 벌이고 더 많은 사람들을 관리하게 된다. 경영하고 사람을 관리하는 데 하루 대부분의 시간을 쓴다. 계획을 방해하는 것들에 대한 보고를 받고 대처하느라 밤잠을 못 이루기도 한다.

그야말로 자유의 역설이다. 가난한 이가 벼락부자가 되어 대궐 같은 집을 지어 놓고도 방엔 잔뜩 가구를 들여 온전히 누울 공간조차 없었다는 이야기처럼 말이다.

이렇게 보면 진정한 자유는 마음에 달린 것 같다. 주먹을 쥔 상태로는 무언가를 움켜쥘 수 없고, 바람 또한 손으로 잡을 수 없다. 마음을 내려놓으면 가는 길 곳곳이 열리지만, 붙잡고 있으면 모든 길이 미로가 된다. 자유롭지 못한 이유는 지금 자신에게 주어진 자유의 공간을 활용하지 못하기 때문이다.

마음이 조급한 사람에겐 찬란하게 쏟아지는 벚꽃 길을 걷는 얼마간의 시간도 아깝고, 보랏빛 여명이 올라올 때 높은 곳에 올라 일출을 보는 것도 체력을 낭비한다고만 생각한다. 자신이 이미 쥐고 있는 자유를 의미 없이 버리는 것이다.

지금 내가 자유롭고 행복한 이유는 많이 가져서도 아니고 얼마든지 내 마음의 소리를 따를 수 있기 때문이다. 내 마음의 소리를 따를 수 있는 이유는 쉽게 내려놓을 줄 알기 때문이다. 물질에 대한 욕망을 내려놓고 사람 마음을 어찌하겠다는 욕심을 내려놓을 때 비로소 자유가 찾아온다.

또 자기만 잘산다고 자유를 누릴 수 있는 것도 아니다. 이웃 공동체가 배려하며 온기를 나눌 수 있어야 한다. 이웃과 사회 구성원이 이기적으로 행동하고, 남에게 살벌하게 대하며 해치는 문화에선 매일이 고단한 전쟁터가 된다. 당장 9시 뉴스만 틀어도 가슴이 답답하지 않은가. 그래서 인간성 회복은 정신적 자유를 위해 매우 중요하다. 선진국의 시민들은 실제로 삶에서 더 많은 자유를 느끼고 있다고 한다. 바로 소통과 공감, 배려하는 따뜻한 문화가 정착되어 있기 때문이다.

남을 의식하면 내가 고달프다

●

사람들은 남을 의식하며 자신을 좋게 보이려고 한다. 내가 잘못 산다고 보태 주는 사람이 없듯이, 내 삶은 나만의 것이라 내가 만들어 가야 한다. 어떤 이들은 내가 잘되면 시기와 질투를 하고 내가 잘못되면 희열을 느낀다. 그래서 사람들은 대개 자신의 능력이 80 정도이지만, 부풀려서라도 100 이상으로 보이려 허세를 부린다. 그런데 그렇게 한다고 해서 남이 더 알아주지 않는다. 오히려 사람들은 그런 모습을 싫어하고, 성공한 삶을 질투한다. 결국 허세와 허영이 사람들의 시기를 사는 것이다.

고급 외제차만 해도 그렇다. 정말 해당 차종의 기능의 월등함으로 인해 구매하는 사람은 적은 반면, 남들에게 자신의 신분과 재력을 과시하려 구입하는 경우가 많다. 기죽지 않기 위해 고급 외제차를 구입하는 것이다. 한국인의 1인당 명품 소비액이 2022년 기준 세계 1위라는 통계가 있다. 총 20조 9천억 원으로 1인당 395달러였는데, 이는 중국인을 뛰어넘는 수치다. 흥미로운 점은 명품 사랑의 이유를 묻자 다수의 한국 응답자가 '과시하기 위해서'

라고 답했다는 점이다. 명품 브랜드들이 서둘러 한국을 찾는 이유가 여기에 있다.

한국인의 '체면 문화'는 소비문화 또한 기묘하게 바꾸고 있다. 과거 한국인에게 '체면'은 '염치'와 같은 것이었다. 남에게 결례하지 않고, 무리한 부탁을 하지 않으며, 남이 보인 호의만큼 나 역시 응당한 감사를 표해야 한다는 것이 체면 문화였다. 그런데 지금은 자신이 남에게 뒤지지 않는다는 것을 과시하는 '허영'으로 변질되어 가는 것 같다. 분수에 넘쳐도 남이 좋은 차를 사면 나도 사야 하고, 남들이 해외여행을 가서 찍은 사진을 SNS에 올리면 따라서 한다. 값비싼 주점, 명품 백, 고급 와인…. 남을 따라가는 주관 없는 소비를 한다.

그런데 이런 소비가 자신에게 이로울까? 그리고 과시 소비를 하는 나에게 동료들이 '부럽다'고 말하는 찬사는 진심일까? 단연코 아닐 것이다. 타인의 욕망을 따라 살면 끝없이 다른 사람이 먹고 입고 사는 것을 확인해야 하고, 결국 인생의 목적이 물건을 사는 것으로 전락한다. 즉, 소비하는 것이 생의 가치가 되는 것이다. 그리고 남는 것은 결국 공허함뿐이다.

남을 의식하면 내 삶이 고달프다. 그리고 종국엔 빈껍데기만 남는다. 진정 자신의 마음을 충만하게 채울 수 있는 것을 알아 실행하는 이는 행복하다. 그들은 보통 변화와 노력을 통한 새로운 성취, 배움과 가정의 웃음을 진정한 행복으로 여기며 산다.

경험이 재산이다

경험이 삶의 재산이다. 누구나 삶은 항시 기쁘거나 평안하지 않다. 시련과 아픔은 성장통과도 같아서 사람이 성장하는 데에는 아픔이 있다. 그러나 그 시련과 고통이 지나면 마음이 한결 가벼워지고 삶이 편하다. 실연의 아픔이 없는 사람은 사랑의 참맛을 모르고, 실패한 적이 없는 사람은 인생의 가치를 이해하지 못한다. 고통과 실패의 경험이 없는 사람은 결코 성숙하지 못한다.

이렇듯 고단한 삶 속에서 다양한 곡절을 겪고 나면 그 경험은 살아 있는 지식이 된다. 인생의 환희와 고통 모두 경험을 통해 얻은 감정인데, 이런 자산을 넉넉히 축적한 사람들은 새로운 고난 앞에서 지혜롭게 대처한다. 그리고 고난 속에서 또 다른 기회를 찾아낸다. 이것이 바로 내공이다.

실망스러운 결과를 맞이하더라도, 섣불리 포기하거나 단념해서는 성장할 수 없다. 실패를 덤덤히 받아들이되, 왜 실패했는지에 대해선 냉정하게 바라볼 수 있어야 한다. 재도전해서 성공하는 이는 자신의 실패에 감정적이지 않고, 스스로를 진단할 수 있는 사람들이다. 그들은 부족한 능력을 채우고, 실패한 전략을 수정한다. 때로 자신의 역량을 크게 벗어나는 일은 과감히 포기할 줄도 안다. 짧게 보면 실패지만, 인생 전체적으로 보면 포기했기에 다른 분야에서 성공할 수 있다. 모든 경험을 살려 내 능력에 맞는 일에 도전하면 분명 성공적인 삶을 만들어 갈 수 있다.

고통이 없이 아름다운 무지개를 볼 수 있을까. 매사가 순조롭기만 하면 아무것도 이루지 못한다. 모든 만물은 성장하면서 아픔을 겪는다. 식물, 동물, 사람 이 모든 생명체의 성장엔 아픔이라는 자연의 섭리가 작용한다.

사람의 성장은 곤충의 탈피와 흡사하다. 바람에 흔들리는 작은 번데기를 보면 그 안에서 무슨 일이 벌어지는 지 짐작조차 안 된다. 하지만 번데기 속의 유충은 매 시각 성장해 끝내 자신의 껍질을 벗는 고통 끝에 화려한 나비로 비상한다. 고목의 나이테는 사실 폭염과 혹한이라는 '경험'의 흔적이다. 사랑의 경험 또한 마찬가지다. 진정한 사랑에는 고통이 따르지만, 그 고통으로 인해 사랑은 더욱 감미롭고 숭고한 것이 된다.

일에 대한 열정과 사람에 대한 애정을 잃어버리고 자신의 삶을

'무풍지대'로 만들고 있는 사람도 보았다. 바람도 없고 천둥도 치지 않는 고요한 바다가 안온한 평온을 줄 것처럼 보이지만 실제로는 그렇지 않다. 종일 변하지 않는 수평선과 따가운 햇볕이야말로 사람을 미치게 만든다. 이 안온함은 마치 삶의 공백과도 같아 아무런 의미도 없이 세월을 소비하게 만든다.

생명력을 뽐내며 자태를 자랑하던 푸른 꿈이 잿빛으로 추락하는 이유는 고통을 겪어서가 아니다. 고통 끝에 희망을 버린 까닭이다. 자신이 성장하면서 겪었던 실패와 고통을 소중한 자산으로 끌어안을 때, 우리는 한 걸음 더 전진할 수 있다.

독선을 버리고 타협하라

●

사람들은 자신들의 생각만이 가장 옳다고 생각하는 경향이 있다. 그래서 고집을 부리고 자신의 주장을 관철시키려 든다. 설사 논리적 근거나 객관적 증거가 부족해도 자기 확신에 가득 차 있는 경우가 많다. 그래서 가정에서나 직장에서 주장을 굽히지 않고 말다툼하는 경우를 자주 보게 된다.

사실 대부분의 경우 상대방의 주장에도 일리가 있고, 때로는 다른 관점에서 사물을 바라보기에 그에 대한 생각도 다를 수 있다. 하지만 상대방의 주장을 그저 미숙하다고만 생각하면 상대를 간단히 무시해 버리고 자신의 생각만을 맹목적으로 신뢰한다. 바로 독선이다.

독선이 계속되면 자신의 판단이 명백히 틀렸음이 증명되어도 뜻을 굽히지 않는다. 자신의 생각이 옳음을 입증할 온갖 정황을 찾아서 끝까지 고집을 부린다. 우린 이런 사람을 두고 '말이 통하지 않는 사람' 또는 '제 잘난 맛에 사는 사람'이라고 한다. 독선이 계속되면 인간관계가 망가지고, 하는 일마다 걸림돌이 많아진다. 특히 사업을 하는 사람이 독선을 부리면 크게 손해 본다. 고집과 아집을 구분하지 못하고 뚝심과 맹목을 분별하지 못하는 탓이다.

심지어 상대가 이야기를 매듭짓기도 전에 상대의 말을 지레짐 작해서 들으려고 하지 않거나 말을 끊는 경우도 있다. 편견과 선 입견에 사로잡혀서 독선적 태도가 몸에 밴 경우다. 특히 타인이 반대하고 자신은 옳다고 생각했던 길을 홀로 걸어 자수성가한 사 람들에게 이 독선적 태도는 쉽게 발견된다. 그들은 남 이야기에 휘둘리지 않았기에 성공했다고 믿기에 이런 편협한 생각은 하나 의 인생관으로 정착된다. 그런데 그 생각 자체도 일면적이라는 것을 생각하지 못하는 것이다. 사람의 성공과 실패에는 어느 하 나의 요인만이 작용하는 법이 없다. 인간관계는 더욱더 그렇다.

사람이 편견과 선입관에서 완전히 자유로울 수 있다면 좋겠지 만, 불행히도 사람이라는 존재는 옳은 것을 찾기보다는 자기 생 각이 옳았음을 증명하기 위해 그 이유를 찾는 경우가 더 많다. 과 도한 자신감에 사로잡혀 독선을 부리면 사람을 얻지 못한다. 그 리고 스스로 성장하지 못한다.

모든 사안에 꼭 맞는 정해진 정답은 없다. 세상 모든 일은 관점에 따라 달라지며 처지와 상황에 따라서도 달리 판단할 수 있다. 상대방의 이야기가 나와 다른 이유는 서 있는 처지와 관점이 다르기에 그런 것이다. 만약 상대의 주장까지 수용한다면 사물을 새로운 시각에서 볼 수 있게 될 것이다.

이미 벌여 놓은 일이 있고, 자신 생각이 틀렸음이 입증되고 있다면 과감히 자신의 오류를 시인하는 것이 좋다. 오류를 시인해야 더 정확해지고, 더 이상의 손해를 막고 새로운 활로를 찾을 수 있으니까. 그런데 사람의 고집이라는 것이 기묘해서, 위기에 내몰렸을 때 갖은 변명과 핑곗거리를 찾아 둘러대며 시인하지 않게 된다. 대부분 큰 손해는 작은 손실을 메우기 위해 부린 고집에 의해 생긴다.

정치를 하거나 기업을 이끌거나 또는 가장이라면 더더욱 독선을 경계해야 한다. 정치하는 사람의 독선은 나라를 망치고, 기업인의 독선은 파산을 부르며, 가장의 독선은 화목을 깨고 아이들의 미래를 망치기 마련이다. 그래서 우리는 끝없이 타협해야 한다. 때로 타협하면 원하는 것을 얻지 못한다고 생각할 수 있다. 하지만 타협은 또 다른 것을 준다. 새로운 사람과의 협력을 끌어내고, 다른 방향에서 사업을 검토할 수 있게 만들어 준다. 모든 창조는 의외의 상황, 다른 생각에서 탄생했다는 것을 잊지 말자.

친구와 만나 메뉴를 타협하고, 가족과 함께 가는 여행 코스를 타협하며, 힙합 댄스를 배우고 싶다고 말하는 딸아이에게 수학 학원 대신 댄스 학원을 보내며 타협하자. 그리고 타협할 수 있는 사람은 여전히 힘이 있는 존재라는 것을 잊지 말자. 내가 힘이 없으면 상대는 내게 타협을 종용하지 않는다. 그냥 일방적으로 결정하고 무참하게 밀어붙인다. 내가 그러진 않았는지 생각할 일이다.

참담할수록 희망하라

희망과 인내심은 만병을 다스리는 치료약이다. 희망을 가지는 것만으로도 모두 좋게 해결되는 것은 아니지만, 희망마저 없다면 그 삶은 이미 끝난 것이다.

"끝날 때까지 끝난 것은 아니다(It ain't over, till it's over)."

라는 명언이 있다. 그리고 "포기하는 순간 게임 끝"이라는 말도. 삶도 이와 같다. 극심한 고통 속에서 아무것도 할 수 있는 것이 없을 때 "그래도 우리 희망 한 자락만은 손에 쥐고 있자."는 말은 그 자체가 희망이 되고, 기적의 씨앗이 될 수 있다. 희망은 한 줄기 빛과 같아서 어두운 토굴을 통과해 태양이 쏟아지는 지면으로 끌어 준다. 진정 '살아도 죽은 목숨'이라는 말은 희망이 없는 자들에게 하는 말이다.

희망은 거창한 것이 아니다. 때로는 그저 하루를 어제와 같이 성실히 살아 내는 것도 희망을 간직한 것이 된다. 죽을 것같이 아프지만 덤덤히 그 시간을 보내며 내일 역시 오늘과 같을지라도 오늘과 같이 견디겠다는 마음이 바로 희망이기도 하다.

6·25 전쟁 때 아비와 남동생까지 잃은 한 여성이 인민군의 눈을 피해 숲속 골짜기로 숨었단다. 젖먹이에게 잘 나오지 않는 젖을 먹이며 울음소리조차 내지 못하고 밤새 울었다는 말을 들은 적이 있다. 그 밤을 견디며 아이에게 젖을 물린 행동, 그것이 바로 희망이다. 희망이란 그렇게 거창한 것이 아니다. 아무런 답이 보이지 않는 시간을 보내며 견디는 것만으로도 희망이다.

물론 희망이 그 실체가 뚜렷해서 이 곡절이 지나면 반드시 성공한다는 무지갯빛 전망을 약속하는 것도 아니다. 즉, 희망한다고 모든 것을 이룰 순 없다. 다만 분명한 것은 희망하지 않으면 아무 일도 일어나지 않는다는 사실이다. 희망이 있어서 노력하게 되고, 그 꿈을 실현하기 위해 작은 일부터 하나씩 성취하게 된다. 그 작은 노력들이 모여 결국 꿈을 이루게 된다. 희망 없이 이것이 가능할까. 그래서 희망은 별것 아닌 것처럼 보여도 모든 꿈을 실현하는 원동력이 된다.

희망은 웃음과 같이 전염력이 강하다. 매일 꿈을 꾸며 실천하는 사람은 곁의 사람에게도 꿈을 꾸게 만든다. 희망하는 사람은 그가 꿈꾸고 있다는 사실만으로도 사람들을 고무시키고 희망하게 만드는 것이다. 그리고 타인에게 희망을 주는 말을 하면 자신에게도 희망이 찾아오는 것을 느낄 것이다. 희망하는 말은 자연히 용기와 담대한 인내심까지도 선물한다. 모든 위대한 성공 뒤에는 작은 희망 한 조각이 있었음을 잊지 말자.

인생 최고의 기쁨

●

성탄절 전야에 한 남매가 같은 꿈을 꾸었다. 아픈 딸이 소망하는 파랑새를 구해 달라는 할머니의 부탁을 들은 둘은 1년간 신비로운 여행을 하지만 결국 파랑새를 얻지 못한 채 긴 꿈에서 깨어난다. 그리고 깨어난 남매는 자신들의 평소 기르던 새장 안에 파랑새를 발견한다. 노벨문학상을 수상했던 벨기에 작가의 동화 『파랑새』의 줄거리다.

행복과 소중한 가치가 내 주변에 있다는 이야기이다. 『파랑새』라는 동화가 워낙 유명했기에 정신과 의사들은 '파랑새 증후군'이라는 말도 만들어 냈다. 자신의 일과 현실에 만족하지 못해 결국 현실을 부정하는 현상이란다. 인생의 의미를 오랜 시간을 견뎌 어려운 일을 성취하는 것에서 찾는 사람들은 불행하다. 그 꿈의 성취 이후에도 계속 행복할 순 없기 때문이다.

먼저 웃고 먼저 사랑하고 먼저 감사하라. 평범한 삶에서 우러나오는 감사의 마음이야말로 삶을 아름답고 풍요롭게 가꿔 주는 소중한 밑거름이다. 감사하는 마음은 불행을 막아 주는 마법의 열쇠다. 감사하는 마음은 어떤 상황에 처해 있더라도 당신에게 행복한 순간을 선사하며 아름다운 순간을 늘려 주기도 한다.

아침마다 영원히 잠들지 않고 다시 깨어난 것을 기뻐해야 한다. 지금까지 내가 걸어온 모든 삶의 여정이 나에게는 행운이고 축복이다. 나는 멋진 풍경을 선사하는 이 대자연에 속해 있음에 감사하곤 한다. 좋은 사람들과의 만남도 좋았고, 정을 나누고 말벗이 되어 삶을 즐겁게 걸어왔던 그 순간 모두가 고맙고 행복하다. 다정다감하게 지낼 수 있는 이웃에게 감사하고, 특히 웃음을 선사하여 주는 친구들이 고맙고 감사하다.

이 세상에 감사만큼 소중한 인생길은 없다. 살면서 감사해야 할 것들을 열거하자면, 한도 끝도 없다. 나는 때로 벤치에 앉아 맑은 새벽 공기를 마실 수 있다는 현실에도 감사한다. 사소한 것에 고마움을 느끼는 사람은 그만큼 더 행복하다. 인생의 행복과 기쁨은 결국 감사함을 느낄 수 있는 자에게 차려지기 때문이다.

오늘 하루 아무 일 없이 보냈다면 그것이 기적이다. 이에 감사하자. 신경 쓸 일이 많고 근심이 도처에 있어도 시선을 돌려 작은 기쁨을 느낄 수 있다면 행복한 사람이다. 일상에서 근심이 완벽히 사라져야 행복할 수 있다고 믿는 사람은 불행하다. 그 근심으로 작은 행복과 기쁨을 잡아먹히고 있는 것이다.

지금 당신이 아픈 곳 없이 잘 살아가고 있다면 엄청난 행운이다. 천국은 감사함을 아는 사람만이 가는 곳이다. 건강하게 살아감은 신의 축복이요, 은총이다. 매사에 감사하는 마음을 갖는 것이 인생 최고 기쁨이다. 마음속에 살아 있는 파랑새가 아직 건강하게 지저귀고 있는지 매사 들여다볼 일이다.

아름다운 개성

●

조밀한 나무 사이에서 얇고 곧게 자란 소나무보다 바위틈을 뚫고 자라 아찔한 벼랑 위에서 흔들리는 소나무가 더 멋지게 보인다. 빠르고 곧게 흘러가는 냇물보다 굽이굽이 바위와 골을 더듬으며 흘러가는 시냇물이 더 정겹고 아름답다. 사람도 그렇다. 셈이 빠르고 늘 합리적 선택을 하는 이보다는 손해도 적절히 보면서 칡넝쿨처럼 동무들과 엮이며 사는 삶이 더 매력적이다. 일직선 탄탄대로보다 산 따라 물 따라 가는 삶이 내게는 더 아름답게 보이는 것이다.

진정 강한 사람은 권력자가 아니다. 돈이 많거나 명예가 높은 사람도 아니다. 주변에 언제든지 그가 손을 내밀면 도와주고 지켜보며 응원해 줄 사람이 많은 사람이 강한 사람이다. 작은 일에도 매사에 최선을 다하고 작은 배려에도 감사를 전하며 겸손하게 살아가는 사람은 자신의 인생 앞에서 언제나 당당할 수 있는 멋진 사람이다.

인생 최고의 부자는 자신이 가진 것에 감사할 줄 알며 이로 인해 항상 여유와 맑은 정신을 지킬 수 있는 사람이다. 여기에 더해 개성과 취향은 사람을 특별하게 만들어 준다. 재미없고 건조한 사람을 일컬어 '무색무취의 인간'이라고 한다. 이렇듯 자신만의 개성과 취향은 사람의 품격을 높이고, 그 사람의 정체성을 완성하는 역할도 한다.

우리는 흔히 개성이 강한 사람이 모이면 팀워크가 흔들린다고 말한다. 말을 바로잡자면, 개성이 강해서 팀워크나 공동체가 흔들리는 것이 아니다. 개성과 단결력은 관련이 없다. 중요한 것은 타인을 배려하고 협력하고자 하는 노력의 문제다.

결혼 생활을 오래 한 독자들은 잘 알 것이다. 영혼의 단짝, 서로의 반쪽이라고 하는 배우자와 수십 년을 살아도 개성과 생활습관의 차이를 느낀다. 좋은 부부 금실이란 서로 잘 맞는 사람이어서가 아니라, 서로가 서로를 향해 노력하기 때문이다. 따라서 사람 저마다 개성은 각기 다르지만 서로 이해하고 양보하면서 잘 맞춰 살려고 노력하는 이들로 인해 온기를 얻는다.

47억 년 동안 태양은 뜨거운 불을 뿜어내었지만 오늘도 변함없이 불타오르고 있고, 바다 역시 수십억 년의 고고한 사연을 품은 채 오늘도 파도를 일렁이며 지구를 감싸고 있다. 인류가 생존할 수 있는 이 절묘한 환경의 지구가 존재한다는 것 자체가 창조주의 개입과 섭리를 증명하고 있다고 믿는 사람들도 많다. 세상 모든 것들에 존재 이유가 있고, 그 쓰임새가 있어 인류가 살아갈 수 있도록 작동하고 있다는 사실 자체도 어쩌면 기적이 아닌가.

사람 역시 저마다 쓰임새가 다를 뿐, 모두 착하고 선하게 살려는 마음씨는 같다고 본다. 나쁜 성품의 소유자도 자기만의 성품 변화로 원만한 삶이 되도록 노력한다면 세상은 더 아름다워질 것이다. 특색 있지만 조화를 이룰 줄 아는 개성을 가진 사람이 아름답고 행복하다.

3부

잘 안다고 생각하는 것들에 대해

냉담과 과찬 그 사이에서

●

누군가의 칭찬 한마디에 종일 유쾌했던 적이 있을 것이다. 사람이란 그런 존재다. 칭찬받으면 어쩔 줄 몰라 얼굴 붉히는 내성적인 사람조차도, 아니 그런 사람일수록 그 칭찬을 오래 기억하기 마련이다. 그것이 무엇이든 칭찬할 것이 있으면 칭찬하는 것이 좋다.

사소하게는 아침에 걸치고 나온 넥타이 색깔에서부터 센스 있는 농담 한마디에도 칭찬하자. 사무실을 밝히는 환한 미소에도 칭찬하자. 문을 열어 주고 있는 작은 배려의 손길과 식당 선정에 대한 심미안까지 칭찬하자. 자주 하는 작은 칭찬은 큰 칭찬보다 효과가 좋다. 칭찬하는 사람이 내게 호감을 가지고 있다고 느끼게 한다. 그리고 어쩌다 문득 그 칭찬이 생각나 기분이 절로 좋아지게 된다.

사과에도 방법이 중요하다고 하는데, 칭찬 역시 마찬가지다. 대상이 인정하기 힘든 과찬이나 뻔한 멘트는 오히려 듣는 사람의 마음을 불편하게 한다. 지나친 칭찬은 분위기를 어색하게 만든다. 대상이 혼자 있을 때보다 여럿이 있을 때 칭찬하면 효과가 더 좋다. 우리 사회는 칭찬에 인색한 편이다. 칭찬은 인생의 활력소가 된다.

칭찬이 어색하고, 칭찬하는 행위가 사람에게 잘 보이려 하는 것 같아 잘 못하는 사람도 많다. 칭찬 역시 훈련하지 않으면 쉽지 않다. 막상 칭찬을 하려니 무엇을 칭찬해야 할지 모르겠다는 사람도 있다. 굳이 쥐어짤 필요는 없지만, 사람의 강점을 먼저 보려 하면 자연스럽게 칭찬하게 된다. 그렇게 칭찬은 관계의 윤활제가 된다.

말은 그 사람의 인격이다

●

도로교통공단에서 난폭 운전을 줄이기 위해 광고를 한 적 있다. 그중 눈에 들어온 문구가 있었다.

"운전이 인격입니다."

이 문구는 이후에도 자주 사용되는 단골 문구가 되었다. 운전 습관과 식당 매너는 요즘 젊은 여성들에게도 배우자를 검증하는 중요한 잣대가 되었다. 운전을 난폭하게 하거나, 식당에서의 매너 같은 것을 유심히 살핀다고 한다. 의식하지 않은 순간의 태도가 평소 그 사람의 인격이기 때문이다. 설득력 있는 신랑감 검증 방법이다.

한번은 여러 차량을 위협하며 곡예운전을 하던 차주를 휴게소에서 확인했을 때 당혹스러웠던 적이 있다. 우락부락 험상궂고 얄궂게 생겼을 것으로 생각한 그는 가냘픈 몸에 순한 얼굴을 하고 있었다. 외모로 결코 판단할 수 없는 것이 인격이다.

사람의 인격을 더 잘 드러내는 것은 말이다. 말을 잘하는 것이 중요한 것이 아니다. 말에 배려와 온유함이 담겨 있는지가 중요하다. 말만 잘하고 행동이 따라 주지 않으면 가식적으로 보인다. 또 말을 흉기로 사용하지 말아야 한다. 타인을 모욕하고 상처를 주는 사람이라면 멀리하는 것이 좋다. 그런 사람은 마음속에 흉기가 있다. 그 흉기는 언젠가 사람을 다치게 한다.

말은 그 사람 인격의 표현이다. 생각이 말이 되고, 말은 습관을 만든다. 이 습관은 사람의 인격을 만든다. 글로 사람을 평가할 순 없지만, 말로는 사람을 판단할 수 있다. 글에는 사람의 풍모가 담기지 못하지만, 말에는 모두 담긴다.

말처럼 선명한 뒤끝을 남기는 것도 없다. 한 번 뱉은 모진 말은 여럿의 입을 거쳐 전파된다. 앙금이 있던 친구들이 화해하러 만난 자리에서 "내가 언제 그렇게 말했느냐!"며 다투는 이유가 바로 여기에 있다. 뱉은 사람은 자신의 말을 유려하게 포장하고, 당한 사람은 상대의 말을 포악하게 꾸민다. 이것이 인지상정이다.

말은 인간 수양의 표현이며, 마음의 초상이다. 그런데 말에도 힘이 있어야 신뢰감을 주고 사람들은 책임감과 생명력을 느낀다. 지위가 높을수록, 재력이 많고 많이 배운 사람일수록 말을 신중하게 해야 한다. 지위가 높고 재력이 많은 자의 험한 말은 위세를 떠는 것으로 보인다. 많이 배운 사람의 경박한 말은 '헛배웠다'는 비난을 받기 십상이다.

이렇듯 지위에 어울리지 않는 언사는 오히려 그 사람을 더 깎아 내리게 만든다. 사람의 사귐에 정성이 깃들어야 하는 것처럼 말에도 정성이 필요하다. 절친한 사이라고 가벼운 농이 익숙해지면, 어느새 자신도 모르게 관계도 가볍게 여기게 된다.

말은 옳은 데, 그 태도가 공격적이거나 비뚤어져 있으면 미움을 산다. 사태를 바로잡고 잘못을 교정하기 위한 비판 역시 마찬가지다. 결국 태도로 인해 전하려고 했던 본질적인 내용은 사라지게 되는 것이다. 처음에 시시비비를 따지던 논쟁이 결국 "왜 말을 그따위로 하나?"와 같은 말싸움으로 번지는 것도 이 때문이다.

아무리 화가 나도 사람의 인격을 모독하는 막말을 하거나, 상대의 생각을 깎아내리기 위해 그 사람 자체를 비난해선 안 된다. 말에는 분명한 금도가 있다. 궤도를 이탈한 말은 결국 흉기가 되어 자신에게 돌아온다. 말은 따뜻한 마음을 담아서 하되, 절박한 주장은 확신에 찬 태도와 밝은 표정으로 전해야 한다. 말에 힘은 그렇게 담기는 법이다.

모르는 것을 안다는 것

●

배우려는 자세가 좋은 인품을 만든다. 지식이 많다고 사람과 인생을 잘 아는 것은 아니다. 지식은 늘 한정적이며 명시적이지만, 인생에는 명쾌한 답이 없는 경우가 많다. 인간관계는 더욱 그렇다. 그래서 꼭 책에서만 배울 필요는 없다. 중요한 것은 배우려는 자세고, 자신이 모르는 영역에 대한 호기심이다.

살아가면서 체득했던 이런 지식은 인생행로를 개척하는 데 큰 도움이 된다. 배우는 자세가 좋은 인품을 만든다. 배우려는 사람은 상대의 말을 오래 듣고 생각한다. 눈에는 호기심을 담고 있으며 "왜?"라는 질문을 던질 줄 안다.

소크라테스가 "네 자신을 알라."는 말을 했다고 하는데, 실제로이는 델포이의 아폴로신전에 적혀 있는 말이다. 소크라테스는 사람들이 알고 있는 것이 얼마나 적은지를 깨우쳐 주곤 했다. 하루는 소크라테스의 절친이었던 카이레폰이 델포이신전으로 가서 물었다. "그리스에서 가장 현명한 사람이 누구입니까?" 무녀(巫女)

는 "소크라테스"라고 대답했다. 이 소식을 들은 소크라테스는 그건 터무니없는 말이라고 탄식했다.

"내가 알고 있는 것은 단지 내가 아무것도 모르고 있다는 사실을 안다는 사실이다."

라고 답했다. 그날 이후 소크라테스는 그리스의 명망가와 학자들을 만나며 대화를 나누었다. 그리고 깨달았다. 그들은 많이 아는 것처럼 포장했지만, 실제로는 제대로 알고 있는 것이 없다는 것을. 그래서 소크라테스 철학을 '무지(無知)의 지(知)'라고 말하기도 한다. 모르는 것을 아는 것이 출발점이라는 뜻이다.

목에 칼이 들어와도 진리를 추구하는 사람에 대해 우린 "지사적 풍모를 지녔다."고 말한다. 진리와 정의의 길에선 타협하지 않았던 사람들은 많았다. 배움을 올바르게 사는 데 사용했던 사람들이다. 지사(志士)라는 말을 이제는 자주 사용하지 않지만, 단 한 번뿐인 인생, 배우고 실천하며 '사람의 길'을 걷기 위해 노력하는 것도 아름답지 않은가.

자신을 낮출수록 편하다

자신을 낮춘다고 사람의 가치나 평판이 떨어지는 것은 아니다. 오히려 자신의 품격을 더욱 격상하는 방법이다. 사람들이 나를 좋아하게 만드는 방법은 많다. 재치 있는 말과 배려하기, 먼저 호감을 보이고 접근하기, 그 사람 말을 오래 들어 주고 공감하는 것, 어려울 때 곁에 있어 주는 것 등.

그런데 자신을 낮추는 것이야말로 가장 행하기 쉽다. 또한 기대 이상의 효과를 가져온다. 자신을 낮추면 사람들은 소박하고 예의 있으며 편한 분위기 만드는 능력을 가졌다고 생각한다.

연배가 높은 사람과 상대할 때 자신을 낮추면 효과는 배가된다. 실제로 노인들은 작은 일에 상처받고 자존심 상해한다. 젊은 시절 나름 세상을 주름 잡았다는 사람이 곤궁해졌을 때는 더욱 그렇다. 대부분은 자신이 총명하다고 생각하고, 타인에 비해 우월하다고 생각하기도 한다. 시대가 자신을 몰라준다고 여기는 사람도 많다. 사람들은 속된 말로 모두 다들 잘난 사람들이다. 스스로도 그렇게 생각한다.

만약 한 그룹의 구성원들 모두가 자신이 뛰어나다고 생각하고 있다면 그룹의 리더는 누가 할까? 여기서 의외의 답이 나온다. 사람들의 이야기에 귀 기울이며 자신을 낮춰 가며 궂은일을 먼저 하는 사람이 리더가 된다.

국가나 기업의 리더는 강력한 지도력을 가져야 하지만, 필부(匹夫)들이 모인 동호회나 작은 클럽에선 사람들의 시선과 이야기를 모을 줄 아는 사람이 리더가 된다. 그래서 때로 어수룩해 보이고 말이 적은데, 늘 "형님, 형님" 하며 연신 허리를 숙이는 자가 리더인 경우가 많다. 사람들은 위에 서려는 사람을 진심으로 따르지는 않는다. 약간 어수룩하고 나의 말을 경청하는 사람에게 더 마음을 준다. 사람들은 그 사람에게 편하게 의지하고 마음을 준다.

자신을 조금만 낮추면 삶이 편해진다. 항상 고운 말을 하고 예절과 금도를 어기지 않는 사람, 상대보다 자신을 낮추는 사람, 한마디를 해도 재치 있고 분위기를 움직일 수 있는 사람이 사람 관계의 중심이다. 자신을 낮추는 사람이 얻는 이익은 또 있다. 이과정에서 평생 친구를 얻을 수 있다. 마음속에 있는 말을 전하며 속심을 나누는 친구로 발전하게 되는 것이다.

삶을 저울에 달아서는 안 된다

●

'내가 두 번 샀으면 그이가 한 번은 사야지.'

'지난번엔 내가 멀리 찾아갔으니까 이번에는 그 사람이 와야지.'

'좋은 계약을 성사시켜 주었으니 이번엔 제대로 대접하겠지.'

사람은 항상 마음속으로 저울질을 한다. 사람을 만날 때에도 나에게 이로운 사람인가를 따진다. 지난번에 손해 본 것 같으면 다음에 만회하겠다고 생각한다. 기대했던 보상이 따르지 않으면, "참 경우 없는 사람이군."이라 생각하기도 한다. 삶과 사람을 매번 저울질하는 것이다.

그런데 이렇게 매번 사람을 저울에 달아 따지는 사람 곁에 진정한 친구가 남을까? 이익을 위한 관계는 이익 볼 것이 없어지면 자연히 끝난다. 내가 상대를 저울에 달면, 상대 역시 자신의 저울에 나를 단다. 사람 관계가 그렇다.

'똑똑한 바보'라는 말이 있다. 그리고 '곰 같은 여우'라는 말도. 어르신들은 "약간 손해 보면서 사는 것이 좋다"는 말을 자주 하셨다. 손해를 본다는 것은 준다는 것을 의미한다. 공동체에서 내가 조금 덜 가져가면 결국 그 사람이 조금 더 가져가게 된다. 어르신들은 공동체 전체를 보실 줄 아셨다.

코로나 팬데믹 시절 우린 관계의 단절로 쓴맛을 보았다. 모든 만남이 취소되고, 친구를 만나 소주 한 잔에 안주를 함께 먹는 것도 금기되었다. 감염병은 잦아들 듯하면서 거세졌는데 2년 내 반복되었다. 인쇄했던 청첩장을 파기하고 결혼식을 취소한 연인들이 많았다. 감염으로 돌아가신 부모님의 손 한 번 잡아 보지 못하고 장례를 치러야 했던 유족도 많았다.

문제는 코로나가 우리의 삶의 방식을 바꿔 놓았다는 것이다. 펜데믹의 공식 종료 이후에도 우린 여전히 코로나 시절의 문화를 이어 가고 있다. 사람과의 만남, 그리고 만나서 축하하고 슬퍼하는 일이 줄어들었다. 나는 이것이 유구히 이어졌던 공동체 정신과 부조 전통이 사라지는 것이 아닌지 두렵기만 하다.

삶은 저울에 달아서는 안 된다. 삶에 조금은 손해를 보아도 모른 척 넘어가 주는 우리네 생활이 미덕이 아니겠는가. 내 이익을 위해 양심을 버리는 각박한 사회상이 아쉽기만 하다. 잘 산다는 것이 무엇일까. 경제력이 높아져 더 편한 생활을 추구하는 것만으로 사람이 행복해질 수 있을까. 삶의 질이 날이 갈수록 무너지고 있는 현실이 너무나 아쉽다. 선진국 대열의 문턱에서 삶의 질은 후진하고 있다. 애국심이 흐려지는 시대가 아쉽다. 삶의 이해관계를 재며 저울질하는 계산적인 사람은 되지 말자.

아침이 성공의 열쇠다

●

하루의 시작은 아침이다. 시작이 좋으면 하루의 흐름이 좋고, 하루가 좋으면 일주일이 신난다. 새벽은 고요하고 몸은 조금씩 생기를 얻는다. 깊은 잠을 자고 깨어난 뇌에는 에너지가 넘친다. 이것이 바로 신의 선물이다.

아침에 일어나면 약간 차가운 물로 몸을 깨우자. 차가운 물은 잠들어 있는 도파민을 깨워 싱그러운 정신을 만든다. 오늘 하루를 소중한 선물처럼 받아들이며 감사한다. 오늘 해내야 할 일을 다시 기획하고, 어제 풀리지 않았던 요소를 점검한다. 복잡한 셈이 필요한 일은 노트를 펴고 사색한다. 어려운 일은 잘게 나누어 오늘 할 수 있는 일을 고른다. 그렇게 매일 목표는 새로워진다.

즐겁게 시작한 아침은 주변 사람들에게도 비타민과 같은 기운을 선사한다. 활력 넘치는 미소로 사람을 대하고 기분이 좋다면 콧노래와 휘파람도 불자. 기분 좋은 아침은 하루를 견인한다. 좋은 일이 자주 생기는 사람의 아침은 이렇다. 모든 승부는 백지 한장 차이다. 아침을 잘 사용하는 사람이 하루를 더 의욕적으로 조직하고 좋은 성과를 낸다. 하루 목표가 분명해서 매일 도전을 한다. 오늘 해야 할 일을 오늘 마감하고 내일을 준비하는 사람은 주로 아침형 인간이다.

아침은 일과만을 조직하라고 주어진 것이 아니다. 아침에 오늘 만나야 할 사람에 대해 집중하기도 한다. 전날의 숙취로 허둥지둥 일어나고 시간에 쫓기는 사람도 있다. 무척 바쁘지만 정돈하지 않은 하루를 산다. 아침형 인간은 만나는 사람의 가치를 금방 읽어 낸다. 좋은 사람을 발견하면 그 사람을 얻기 위해 집중하고 만남을 준비한다.

아침은 소망하는 시간이기도 하다. 세상사 자기 뜻대로 되는 것은 아니다. 간절히 열망하고 성취를 위해 하루를 준비하는 사람은 성공한다. 400미터 경주를 준비하는 선수는 아침에 일어나 그날 트랙을 상상한다고 한다. 그들은 그러면서 일어날 상황을 대비한다. 우리의 아침도 성공적인 인생을 위한 첫 과정이다. 아침이 성공의 열쇠다.

화를 다스리는 방법

●

화는 마음속에 웅크린 나쁜 습관이자 독소다. 별일 아닌 것에 도 분노하고, 일이 틀어지면 악다구니를 쓰는 사람이 있다. 순간 적인 화를 절제하지 못하고 행동으로 바로 표출하는 것이다. 의 사들은 습관적으로 화가 나 있는 경우 심리적 장애가 있다고 판 단한다. 정신증인 경우도 있고, 스트레스가 너무 쌓인 경우도 있 다. 미국 정신의학회의 『정신장애 통계편람』엔 '화병'이 실려 있 다. 'Hwa-byung'이라는 표기로 실렸는데, 주로 오랜 시집살이와 남편의 압박 속에 살아온 여성에게서 발현한다고 설명한다.

그런데 오랫동안 당해서 화가 쌓인 경우도 있지만, 수양이 부 족하고 감정을 통제하지 못해 습관적으로 화를 키우는 경우도 많 다. 화도 정신적인 습관이다. 범죄자들은 감옥에서 반성문을 써 서 판사에게 제출한다. 반성문에 가장 많이 등장하는 표현 중 하 나가 "순간적으로 화를 참지 못해서"라는 말이다. 우발적 범죄 대 부분은 이 순간적인 화 때문에 발생한다. 화를 다스리지 못하면 타인과 자신에게 씻을 수 없는 상처를 남긴다.

'참을 인(忍)자 세 개면 살인도 면한다.'

이는 결코 과장이 아니다. 화를 다스리지 못해 패가망신한 사람들이 많다. 관계를 잘 맺고 잘 사는 비법 중 하나가 화를 다스리는 것이다. 특히 평소에도 욱하는 기질이 있다면 화를 다스릴 방법을 찾아야 한다. 물론 화를 다스리기란 무척 힘들다. 이럴 땐 잠깐 멈추는 것이 도움 된다.

명상의 방법 중 하나인데, 화가 날 때 말을 하거나 행동을 하지 말고 그냥 자신의 상태를 관찰하는 것이다. 그러면 한 발 떨어져서 자신을 관찰할 수 있게 된다. 그 장소를 벗어나는 것도 도움이 된다. 갈등 상황에서 화산처럼 화를 내는 사람이 '상남자'인 것처럼 보이지만 실제로는 졸장부다. 자리를 피해 다음 일을 도모하는 사람이 큰일을 하는 대장부다.

부당하게 욕설을 듣고 맞았을 때 화를 참으면 피해자가 되어 나중에 가해자를 처벌할 수 있다. 하지만 주먹다짐을 하면 쌍방폭행이 되어 나도 가해자가 된다. 우리나라 형사법은 상대가 먼저 잘못을 했어도 상해 정도를 먼저 감안한다. 부당한 처사에 대한 대응 역시 마찬가지다. 화를 참으면 현장에서 조리 있게 따지고 부당함에 대한 근거를 확보할 수 있지만, 그렇지 않은 경우 대부분 말싸움이나 저잣거리 싸움으로 번진다. 집에 돌아와서 그때 왜 내가 그렇게밖에 대응하지 못했을까를 후회해도 소용없다.

화를 참으면 후회가 남지 않는다. 인내는 복을 가져다주고, 인생을 아름답게 만든다.

술엔 죄가 없다

●

한 잔은 약이요, 두 잔은 웃음이요, 석 잔은 장정이고, 넉 잔 이상은 광종이라는 말이 있다. 술이 건강에 해롭다는 것은 누구나 안다. 하지만 술 없는 인생은 또 얼마나 재미없는가. 인류 역사 수천 년 동안 술이 함께한 것을 보면 분명 그 이유가 있을 것이다.

술을 끊는 사람에겐 이유가 두어 개 정도 있겠지만, 술을 마시는 사람에겐 수많은 이유가 있다. 즐거워서 한 잔, 슬퍼서 한 잔, 힘들어도 한 잔, 친구가 그리워서 한 잔, 친구가 찾아와도 한 잔, 잠이 안 와서 한 잔, 너무 긴장해서 한 잔, 맨정신으론 고백할 수 없어서 한 잔…. 이런저런 이유로 마시게 되는 것이 술이다.

우리나라가 술에 대해 지나치게 관대하다는 지적도 있지만, 또 각박한 세상에 술 없이 무슨 낭만으로 사나 싶기도 하다. 술을 잘 먹으면 백약지장(百藥之長)이요, 잘못 먹으면 백해무익(百害無益)이라 했다. 그래서 술을 좋아하는 사람은 술을 좋아만 할 것이 아니라 잘 마시는 방법을 터득해야 한다. 술 먹고 사고 치는 사람은 맨날 술 핑계를 대지만, 사실 술에 무슨 죄가 있나. 통제하지 못하는 사람이 문제지. 술이 생활의 낙이 되어야지, 술이 원수가 되어선 안 된다.

술을 마시면 마음이 풀어지고 세상을 관대하게 보게 된다. 좋은 친구와 함께 마시면 충만한 행복감이 밀려온다. 낯선 이와도 금방 친해질 수 있게 만든다. 때로 대담해져서 본심을 꺼내게 만드는 것도 술이다. 술자리에서 한 자잘한 실수는 못 본 척 넘어가 주는 것이 금도 아니겠는가.

인생이 쓸수록 술은 달고, 불쾌한 이와 마시면 술조차도 쓰다. 노래와 좋은 말과 시가 곁들여지면 술자리는 예술이 된다. 이렇게 술잔에는 인생의 낭만이 담겨 있다. 옛날 어르신들은 술에 대한 예의, 즉 주도(酒道)를 강조하셨다. 한 잔을 마셔도 열 잔처럼, 열 잔을 마셔도 한 잔처럼 마셔야 하며, 땀 흘려 일해야 하는 대낮에 술에 취해 있는 것을 용납하지 않으셨다. 술은 닭이 물을 마시듯 조금씩 마시고 자신의 주량을 알아 얼큰하고 기분 좋을 때까지만 마셔야 한다고 했다.

술을 물처럼 들이켜기 시작하면 이미 그 술자리는 망한 것이다.

그리고 다음 날 일에 지장을 주지 않을 정도로 마셔야 한다. 다음 날 술로 인해 일에 집중하지 못하고 낮잠을 잘 정도라면 술로 생활이 망가지고 있다는 것이다. 사람이 술을 먹어야지, 술이 술을 먹고 끝내 술이 사람을 먹어서는 안 된다. 술을 적절히 통제하고 몸이 안 좋아 단주(斷酒)할 수 있다면 술은 좋은 친구가 된다.

연인을 만났을 땐 "그대의 눈동자에 건배!", 친구와 만났을 땐 "우리의 생을 위해 브라보!"

속으론 왕처럼 겉으론 빈 그릇처럼

●

형편이 초라해지면 자존감이 떨어지고 매사가 두렵다. 사소한 소식에도 불안해하고, 소소한 표현 하나에 깊은 상처를 받기도 한다. 자존심과 자존감은 약간 다르다. 자존심은 타인의 태도에 즉각적으로 반응하는 감정이다. 하지만 자존감은 타인이 뭐라고 말한다고 나에 대한 긍정적인 감정이 사라지지 않는 것을 말한다. 자존심은 타인의 평가와 비교에 의해 쉽게 손상될 수 있지만, 자존감은 그렇지 않다.

자신과 타인을 대할 때 모두 존중심이 있어야 한다. 자신을 존엄 있게 대하듯, 상대 역시 귀하게 섬겨야 한다. 다만 자신에 대한 존중감은 겉으로 표현하지 않고 간직하는 것이다. 표현이 필요한 것은 상대에 대한 존중이다. 자신을 왕처럼 귀하게 여기는 사람은 타인 앞에서 자신을 낮춰도 빛을 잃지 않는다. 겸손해도 결코 비굴하게 보이지 않는 기품은 이렇게 발현된다.

어떻게 이것이 가능할까. 마음속에 가진 것이 많은 사람일수록 타인을 높여 주며 자신을 낮춘다. 설령 타인이 자신을 가볍게 대하는 것 같아도 이것 때문에 상처 입지 않는다. 왜냐면 이미 마음속에 충만한 자신감과 자존감이 축적되어 있기 때문이다. 반대로 처지가 곤궁하고 마음마저 박약해진 이들은 상대의 작은 언행 하나에도 쉽게 상처받고, 때론 복수심에 불타 증오하기까지도 한다. 작은 바람에도 대들보가 흔들릴 정도로 마음이 빈궁하기 때문이다.

자존감을 유지하고 키우기 위해선 자신이 지닌 특별한 재능에 집중하는 것이 좋다. 자신이 잘할 수 있는 것에 집중하면 투지가 생기고 자연히 하루의 시작도 역동적으로 할 수 있다. 또 미래의 변화된 나의 모습에 집중하는 것도 큰 도움이 된다.

이때 목표가 거창하면 시도하기도 전에 좌절감을 느낀다. 턱걸이 세 개만 해도 숨이 차는 정도의 체력이라면, 당장 하루에 두 개의 턱걸이에만 집중해도 이후의 변화는 놀랍다. 당장 턱걸이 10개를 목표로 할 경우 좌절감은 쉽게 찾아온다.

흔히 인맥이라고 하는 사람 관계 역시 자신의 능력이 된다. 내가 간절할 때 기꺼이 나서서 도와줄 수 있고, 길이 막혔을 때 작은 길을 내어 줄 수 있는 사람을 가지고 있다면 진정한 능력자다.

흔히 인맥은 자신보다 잘나가는 사람을 사귀는 것이라 생각할 수 있는데 그건 잘못된 생각이다. 중요한 것은 나를 좋아하는 사람을 많이 만드는 것이다. 그 방법 또한 간단하다. 그이를 높여 주면 된다. 상대가 우월감을 느낄 수 있도록 자신을 낮추고 상대를 존귀하게 대하면, 관계는 생각보다 쉽게 풀린다.

낮게 누운 풀이 곧은 자작나무보다 강한 법이다. 자신을 왕처럼 고귀하게 대하고 겸손하게 행동하면 사람들은 앞다투어 당신을 곁에 두려 할 것이다. 세상에서 가장 아름다운 모습은 자신을 비워 항상 그릇을 비워 놓아 다른 이들이 머물 수 있도록 하는 것이다.

내 관점만의 삶이 위험한 이유

사람에겐 보통 자신만의 관점이 있다. 문제는 나이가 들면서 자신만의 관점을 세상에서 가장 지혜롭고 합리적인 것으로 착각하게 된다는 것이다. 자신의 주장에 배치되는 다른 근거가 나와도 자신의 관점에 유리한 사실만을 선별해서 받아들인다. 소위 자신이 옳다고 믿는 것만이 절대적이고 다른 쪽의 이야기는 배제하는 '확증편향'이 생기는 과정이다.

관점은 사물을 바라보는 사람의 위치에 따라 달라진다. 현재와 같이 북극이 위로 가 있는 지구본을 보면 호주 대륙은 태평양의 동떨어진 변방으로 보인다. 하지만 거꾸로 뒤집어 보면 호주가 대양의 중심 국가로 보인다. 우주에 위아래가 있을 수 없고 방위가 없다. 이 역시 어디에서 사물을 보는가에 따라 판단이 달라질수 있다는 것을 보여 준다.

인간관계에서 내 관점의 정당성만을 들이밀었다간 외톨이가 되기 쉽다. 나의 관점은 다양한 시선 중에 하나일 뿐이다. 늘 역지

사지(易地思之)하는 것도 지혜다. 상대의 입장, 또는 자신의 견해에 반대되는 입장에 서서 이야기를 재구성해 보는 것이 좋다. 나이 먹을수록 다양한 견해에 대해 귀를 열어야 한다.

상대가 말을 할 때는 상대의 입장에서 듣고 공감을 바탕으로 이야기하는 것이 좋다. 우리는 검사나 판사가 아니다. 상대가 말하는 말의 내용보다 그 취지를 파악하는 것이 더 지혜롭다. 위로와 공감이 필요한 친구라면 위로를 전해 주고, 부당한 일을 당해 억울해하는 친구라면 그에 동조해 줘야 한다.

이 대목에서 "네 말도 맞는데, 그럴 땐 이렇게 했어야 한다."고 조언하면 있던 정도 떨어진다. 만약 나에 대한 서운한 감정이라면 묵묵히 듣고 미안하다고 하면 된다. 없던 정도 생긴다. 시시비비를 가리는 것이 언뜻 똑똑해 보일 수 있지만, 실제로 많은 경우 시비를 가리기 위해 말을 하는 사람은 거의 없다. 그저 내 편이 되어 달라는 요청인 것이다.

불만은 위만 쳐다보고 아래를 보지 못한 탓에 생기고, 오만은 아래만 보고 위를 보지 못해서 생긴다고 한다. 지혜로운 사람은 남보다 내 허물을 먼저 보고, 어진 자는 헐뜯기보다 칭찬을 즐긴다. 현명한 사람은 말과 소음을 구별할 줄 알고 비울 줄 아는 자의 마음엔 평화가 들어찬다. 영혼의 향기는 낮춤의 선물이며 행복은 몸부림이 아닌 순응에서 주어진다.

상대의 입장에서 헤아리고, 진정 상대의 편에 섰을 때 그 사람은 나에게 더욱 진실한 일편단심 친구로 변모한다. 나의 속을 다 털어놔도 된다고 믿는 친구에겐 비밀이 없다. 자신의 대소사를 의논하고 서로의 관심사를 함께 공유하는 사이로 발전하는 것이다. 내가 그 친구에게 대한 것과 같이 친구 역시 나의 입장에서 늘 내 편에 서 있을 것이다. 마음을 나눌 내 편을 많이 만드는 것, 그것도 인생에서 남는 장사 아닌가.

좋은 것부터 써라

●

어려서부터 갖은 고생을 하며 안 해 본 일이 없이 살아와 마침내 큰 부자가 된 사람이 있었단다. 그의 평생 꿈은 아름다운 강가에 화려하고 웅장한 저택을 짓고 사는 것이었다. 그는 가장 유명한 건축가와 기술자들만을 뽑아 집을 지었다. 최고급 목재들이 연일 실려 왔고, 터가 닦이고 골격이 올라가기 시작했다. 부자는 작업장 옆의 작은 천막에서 기거하며 매일 아침 현장에서 작업을 독려했다.

그즈음 인근에 한 명의 목수가 나타나 집을 짓기 시작했다. 평생 나무를 다듬고 살아왔던 목수의 집은 소박했지만 단단했고, 방 2개와 좁은 부엌이 달린 실용적인 집이었다. 1년이 지났을 때 목수의 집은 완성되었지만, 부자의 집은 골격조차 마감하지 못했다.

1년이 지난 어느 날 어떤 공작의 저택을 둘러보고 온 부자는 더 큰 욕심이 생겼다. 더 크고 웅장한 집을 짓겠다고 결심한 부자는 새로 설계해 기존보다 2배나 더 큰 집을 짓기 시작했다. 인근에서 그의 집보다 높은 건 그의 집 뒤에 서 있는 산밖에 없었다. 부자의 집은 도무지 완성될 기미가 보이지 않았다.

그리고 10년이 지나 유난히 추웠던 겨울 어느 날, 천막에서 지내던 부자가 걱정된 목수는 올겨울만이라도 자신의 집에서 지내라고 권했지만, 부자는 자신은 그런 곳에선 단 하루도 잘 수 없다고 거절했다. 그리고 며칠이 지나 그가 보이지 않자 현장 감독이 천막을 열었다. 부자는 죽은 채 누워 있었다. 소식을 들은 가족은 세상에서 가장 좋은 관을 짜 그를 염하고, 그가 사랑했던 커다란 저택으로 그 관을 옮겼다. 그 저택에 처음으로 들어간 것은 그렇게 관이 되었다. 그렇게 그의 저택은 그의 무덤이 되었다.

아끼지 마라. 비싸고 귀한 것이 있으면 그것부터 써라. 백화점과 면세점에서 구입한 명품이 있다면 그것부터 착용하라. 오늘 사용하지 않으면 나중엔 유품이 된다. 비싸고 귀한 것일수록 모시고 살 것이 아니라 물건이 나를 모시게 해야 한다. 그것이 현명한 생활 방식이다. 음식도 마찬가지다. 비싸고 맛난 것이 냉장고에 있다면 냉동실에 고이 모셔 둘 생각일랑 하지 말고 그것부터 먹어라. 때를 놓치면 신선도도 떨어지고 그 가치 또한 사라진다.

모든 물건은 '적기'라는 것이 있다. 구매했다면 사용하자. 전자 제품을 모셔 두는 것처럼 바보짓도 없다. 동료에게 값비싼 전자 제품을 선물 받았다면 바로 써라. 장롱에 보관해 두었다간 나중에 그 존재조차 잊어버리고, 몇 년 후 집 정리를 하다 발견하면 그건 이미 구닥다리 유물이 되어 있을 것이다.

젊은이들이 즐겨 쓴다는 새로운 물건과 기능이 있다면 사서 써 보고 배우자. 젊은이들이 즐겨 사용하는 것들은 대부분 빠르고 편하며, 불필요한 수고를 덜어 준다. 노인들이 구청 민원실에 앉아서 기다릴 때 젊은이들은 인터넷으로 문서를 발급받아 저장하고, 마을버스가 언제 오는지를 클릭 몇 번으로 확인한다.

새로 사귄 여자 친구가 있다면 늘 가던 곳만 고집할 것이 아니라 젊은이들이 아름답다고 소개하는 곳을 검색해서 찾아가자. 감각적이고 세련된 삶을 마다할 이유가 어디에 있는가. 그렇게 사는 재미도 쏠쏠하다. 나이는 영혼부터 잠식한다고 했다. 어렵다고 귀찮다고 외면할 것이 아니라 젊은이들 못지않게 첨단을 즐기며 사는 것이 바로 젊음이다.

모든 기회는 내가 만들고, 인생의 즐거움 역시 내가 만들어야 한다. 하루하루가 모두 특별하고 기회는 널려 있다. 오늘 실행하고 당장 사용하자. 이번 주에는 장롱과 창고부터 뒤지는 것은 어떠한가?

돈의 가치

●

벼락부자가 된 친구가 갑자기 어깨에 힘주고 뻐긴다. 사람들은
저 친구, 돈 좀 벌더니 사람 변했다고 말한다. 한국말은 잘 들어
야 한다. 사람들은 돈 좀 벌었다고 할 뿐, 성공했다고는 말하지
않는다. 성공에는 사업적 성격도 있지만 때로는 어떤 고상한 가
치가 담겨 있기 때문이다. "돈 좀 벌었다"는 말은 말 그대로 재화
가 좀 있다는 뜻이다. 돈이 사람을 타락시키진 않는다. 타락한 사
람이 돈을 벌었을 뿐이다.

가치가 뚜렷한 사람은 자신이 번 돈을 어떻게 귀하게 사용할지
를 고민한다. 세계적인 슈퍼 리치인 빌 게이츠의 재단을 보라. 그
는 매해 인류의 문제를 해결할 아이디어를 수집하고 남은 인생 동
안 전 재산을 모두 사용할 계획이다. 그는 이미 말라리아 퇴치에
힘을 기울여 수백만 어린이의 생명을 구했다. 먼저 인간이 되기
위한 수양을 하지 않았기 때문에 돈이 많아지면 삶의 중심마저 흔
들리는 것이다. 이런 사람을 우린 '졸부(猝富)'라고 한다.

돈을 구하기 전에 지혜를 구하라. 돈은 가치 있는 곳에 사용할 때만이 참된 힘을 발휘한다. 사람이 돈을 섬기면 돈을 신으로 여긴다. 즉, 돈이 정의와 우정, 인간의 가치를 모두 뛰어넘게 되는 것이다. 돈은 가치를 옳게 아는 이가 사용했을 때 그 기능을 온전히 할 수 있다.

돈을 노력해서 제대로 벌어야 하는 이유가 있다. 돈이 쌓이는 과정 그 자체가 수많은 사람의 땀과 눈물이 모인 것이기 때문이다. 그것이 지혜라면 지혜다. 현명했던 조선의 거상들도 "돈은 내 것이 아니고 세상의 것"이라고 했다. 그렇게 번 사람은 그 돈을 가치 있게 사용하기 위해 고민한다. 진정한 돈의 가치를 알기 때문이다.

하지만 별 노력 없이 쉽게 일확천금을 손에 거머쥔 사람에게 돈의 가치란 그저 자신의 욕망을 충족하기 위한 수단이 된다. 돈은 결국 행운의 결과다. 돈으로 남 위에 올라서거나 타인의 노동을 헐값에 매입하려는 속물근성은 이럴 때 나온다. 그래서 돈은 지혜를 얻은 뒤에 벌어야 하며, 대부분의 경우 지혜를 얻은 이에겐 돈이 아니더라도 값진 가치가 차려지기 마련이다.

돈의 가치는 사람이 처한 상황에 따라 다르게 느껴진다. 즉, 돈의 가치는 상대적이다. 돈이 가치 있게 느껴질 때는 스스로 대견할 만큼 노력해서 벌었을 때다. 이와 반대로 불로소득이야말로 가장 가치 없는 돈이다. 따라서 돈의 가치는 노력과 땀에 정비례한다. 특히 당당하게 돈 번 사람은 누가 봐도 부끄럽지 않게 돈을 쓰려 한다.

진정 지혜가 있는 자라면 그 어떤 순간에도 돈의 가치가 사람을 넘어설 수 없고, 또 어떤 순간에는 돈이 사람을 살릴 수도 죽일 수도 있다는 것을 안다. 그래서 돈의 힘을 선하게 사용하려 한다. 당당하게 힘들여 번 돈이 가치 있는 돈이다. 올바르게 번 돈일 때 비로소 올바르게 사용한다.

걸으면 생동감이 넘친다

●

우유를 즐겨 마시는 사람보다 우유를 배달하는 사람이 더 건강하게 오래 산다는 말이 있다. 오래 살기 위한 비법? 무조건 걸어라. 신진대사의 둔화와 호르몬 변화, 당뇨 합병증 등은 다리에서부터 시작된다. 가정의학과 의사들이 권하는 한결같은 조언은 바로 걸어서 엉덩이와 허벅지의 근육을 키우라는 것이다. 매일 최소 40~50분은 걸어야 한다. 노인의 평지 걸음으로 환산하면 대략 5~6㎞ 정도, 7천 보 정도다.

이렇듯 걷기는 심장을 강하게 유지해 주고 지탱해 주는 기중이다. 혈액의 절반은 다리를 통과한다. 다리가 튼튼하면 혈류가 강해지고, 강해진 혈류는 몸 전체의 혈관과 장기를 튼튼하게 유지시켜 준다. 그래서 다리를 제2의 신장이라고 하는 것이다. 나무는 뿌리가 먼저 늙고 사람은 다리가 먼저 늙는다고 한다. 10일간 매일 같은 시간에 50분씩 걸으면 10리 길도 거뜬히 걸을 수 있어 생활에 자신감도 생긴다.

우리가 늙으면 대뇌에서 다리로 내려보내는 명령이 정확히 전달되지 않거나 늦게 전달되어 잘 걷지 못하는 때가 오면 이 세상과 작별할 준비를 해야 한다. 잘 걷지 못하면 한 걸음 떼는 것도 고된 운동이 되고, 이를 회피하다 보면 다리는 더 허약해지고 장기 또한 망가지기 때문이다. 걸으면 장수하고, 멈추면 죽는다.

걷기는 사람 뇌의 신경조직을 재활성화하기도 한다. 미국 콜로라도 주립대학교 연구진들은 60대를 대상으로 1년간 실험했다. 그리고 매일 꾸준히 운동한 참가자의 뇌 신경세포를 MRI로 관찰했다. 그 결과는 놀라웠다. 운동이 지속될수록 떨어져 있던 신경세포들이 서로 연결되었고, 새로운 신경망을 만들었다. 주로 측두엽, 전두엽, 후두엽의 연결망이었다. 이곳은 기억력과 인지력 향상, 그리고 운동신경 성장에 도움을 주었다. 걷기가 단순히 근력 강화에만 도움을 주는 것이 아니다.

그뿐인가. 숨이 가쁠 만큼의 빠른 걷기 운동은 엔도르핀을 생성하고, 꾸준한 운동은 사람에게 큰 충만감을 선사해 삶의 질이 높아진다. 걸으면 생동감이 넘친다. 젊게 오래 살고 싶으면 일단 걸어라. 몸이 가볍고 기분이 상쾌하고 젊어지는 느낌이 든다. 항상 기분이 좋아진다.

운동을 꾸준히 하면 스트레스 호르몬의 분비도 줄어든다. 많이 걷고 자주 움직이는 사람이 더 자신감 넘치고 생동감 있는 삶을 사는 이유다. 움직이지 않으면 몸이 무거워지고 노화는 빠르게 진행된다. 삶에 대한 의욕을 급격히 잃으며 스트레스는 꾸준히 쌓인다. 그래서 노인의 행복지수를 고민하는 많은 전문가들은 걸으라고 권고한다.

시간이 날 때마다 걷고, 친구와 함께 등산도 자주 가라. 등산할 때에는 무릎의 부담을 줄여 가면서 넉넉히 시간을 가지고 땀이 날 정도로 걸어야 한다. 오늘 걷지 않으면 내일은 뛰어야 한다. 많이 움직이고 걸어라.

반듯하게 당당하게

●

　가슴을 펴고 배에 힘을 주어 앉거나 걷는 당당한 자세가 좋다. 자세가 반듯한 사람의 삶은 무엇인가 정돈되어 보인다. 꼿꼿한 허리로 바르고 힘차게 걷는 사람은 당당하고 자신감이 넘쳐 보인다. 당연히 그런 사람에게 호감이 간다. 이 당당하고 반듯한 자세가 만사형통의 기초가 된다.

　가슴을 펴고 어깨를 약간 뒤로, 팔은 수직으로 내려 정면을 보고 배에 힘을 줘서 자연스럽게 걷는 습관을 가지면 자연히 반듯한 자세가 만들어진다. 이렇게 반듯하게 걷는 사람은 구부정한 자세로 걷는 사람들보다 하늘을 볼 일이 많고 멀리 본다. 그래서 사람이나 사물에 부딪힐 확률이 훨씬 적다.

　최악의 자세는 스마트 폰을 보면서 꾸부정하게 걷는 것이다. 거북목을 악화시키고 사고의 위험을 높인다. 다른 것에 정신 팔려 있는 것으로 보인다. 잘못된 자세는 척추에 이상을 가져온다. 굽은 허리는 품위가 없고 소침(消沈)해 보여서 매력 없다. 일을 도

모하고자 해도 그런 사람에게는 왠지 마음이 덜 간다.

윗사람에게 정중하게 인사를 할 때에도 어깨를 펴고 바른 자세로 꾸벅하는 손주가 더 매력 있다. 단전에 가지런히 손을 모으고 허리를 편 상태에서 눈을 마주친 후에 하는 배꼽 인사를 받고 기분 좋지 않을 사람이 어디에 있겠는가. 열 손가락 깨물어 안 아픈 손가락 없다지만, 아무래도 정이 따로 가는 손주가 있기 마련이다.

어디서 배웠는지, 정중한 예법을 익혀 인사하거나, 두 팔을 벌려 "할아버지!" 하고 안기는 손주에게 더 정이 간다. 눈인사도 아니고 목례도 아닌 어정쩡한 인사보다 훨씬 좋은 것이다. 사람을 만나는 예법을 익혔다는 점에서 무척 대견하다. 이렇듯 반듯하고 당당한 자세는 인사를 통한 인상에도 큰 영향을 미친다.

척추를 반듯하게 하려면 옛날 양반들이 취했던 뒷짐 지는 자세를 취하면 된다. 걸을 때나 잠잘 때 역시 항상 반듯한 자세를 유지하고, 혹 자세가 망가지더라도 다시 교정하려 노력해야 한다. 자세는 결국 질병을 가져온다. 디스크와 관절염과 같은 만성 질환은 잘못된 자세에서 파생되는 경우가 많다. 다리를 꼬고 앉거나 발바닥을 툭툭 걸치듯 걷는 습관에서 이런 질병이 온다.

또한 이렇게 굽어 버린 관절은 사람의 마음에도 영향을 미친다. 자신도 모르게 의기소침해지고, 잡생각이 많아지는 데에는 자세에도 그 원인이 있는 것이다. 사람의 행복은 이렇듯 작은 요소에서 시작되고, 오랜 습관에서 비롯되는 법이다.

아침에 외출할 때 의관을 점검하듯 거울을 보고 자세도 가다듬자. 바른 자세와 당당한 걸음을 준비하고 일상적으로 확인하자. 오래 살고 싶으면 자세부터 교정하고, 더 진취적인 일을 하고 싶다면 당당하게 허리부터 펴자. 어깨가 반듯하고 미소가 맑은 매력적인 사람은 늙지 않는 법이다.

오래 살고 싶으면 가슴을 펴고 11자로 힘차게 걸어야 한다. 보기에 좋고 건강해 보이고 활력이 넘쳐 선망의 대상이 된다. 반듯하게 당당하게 걷는 것이 생활의 활력을 주고 오래 살 수 있는 비결이다. 그런 삶은 해피엔딩이 된다.

오늘을 즐기기 위한 16계명

'9988231'이란 숫자가 노인들에게 유행이란다. 무슨 말인고 하니, 99세까지 팔팔하게 살다가 2~3일만 앓고 다시 벌떡 일어나 100세까지 살자는 의미란다. 불과 몇 년 전만 해도 '100세 시대'란 곧 '유병장수(有病長壽)시대'라며 아픈데 빨리 죽진 못한다는 뜻이 강했다. 하지만 이제 한국의 많은 노인이 관리만 잘하면 100세까지 건강하게 잘 살 수 있다고 믿고 있는 것 같다.

얼마 전 국내 한 일간지가 한국과 일본의 노인을 대상으로 설문했는데, 그 결과가 흥미롭다. 한국의 노인 응답자 중 50.1%가 100세까지 살고 싶다고 말한 데 반해 일본의 노인은 22%만이 100세까지 살고 싶다고 응답했다. 한국 노인들은 그 이유로 조금이라도 인생을 더 즐기고, 손주가 커 가는 것과 세상이 변해 가는 것을 보고 싶다고 응답했다. 100세까지는 살기 싫다는 일본의 노인들은 가족에게 폐를 끼치고 싶지 않아서라고 답했다. 그리고 한국의 노인들은 행복한 100세 시대를 위해 가장 필요한 것으로 건강과 돈을 꼽았다.

언제 죽을지는 모르지만 어느 날 갑자기 세상을 떠나되, 그 전까지는 팔팔하게 즐겁게 살아가는 것이 100세 시대 행복의 지표가 된 듯하다. 가장 불행한 것은 경제적으로도 자식에게 의존하고, 보행조차 여의치 않아 자식이나 며느리, 간병인의 도움을 받는 삶이다. 대소변을 가리지 못해 차가운 비닐 시트 위에서 짐짝 취급을 받으며 오래 사는 것에 무슨 생의 의미가 있을까. 인명은 재천이라고 했지만, 이런 삶은 죽은 삶이다. 생명만을 연장하는 이 모진 목숨에서 진정한 삶의 가치를 찾기란 어렵다.

그래서 잘 먹고, 잘 자고, 쉬지 않고 걸어야 한다. 오늘이 가장 젊은 날이고 내일은 다시 오지 않을 수도 있다. 100세 시대 행복을 위해 지켜야 할 16개의 법칙을 소개하고자 한다. 매력적인 삶을 위해 당장 실천할 수 있는 것들이다.

① 평소에 잘하라

② 밥값을 잘 내라

③ 고마우면 고맙다고, 미안하면 미안하다고 말하라

④ 도와줄 땐 화끈하게 도와줘라

⑤ 험담하지 말라

⑥ 되도록 사람을 많이 사귀어라

⑦ 많이 웃어라

⑧ 조의금을 아끼지 말라

⑨ 기부하라

⑩ 마음을 써서 친구를 챙겨라

⑪ 경비원과 청소부 아줌마를 존중하라

⑫ 지금 이 순간을 즐겨라

⑬ 힘없는 사람이라고 우습게 보지 말라

⑭ 돈을 함부로 쓰지 마라

⑮ 사랑하라

⑯ 칭찬에 앞장서라

불지 않으면 바람이 아니고, 늙지 않으면 사람이 아니며, 가지 않으면 세월이 아니다. 이제 먼 들녘에서 황혼의 바람에도 괜스레 눈시울을 붉히는 나이가 되었다. 오늘 주어진 하루가 가슴 시리게 소중하다면, 오늘을 멋지게 살자.

자발적 외톨이와 은둔 청년들

일본에선 1990년대부터 '히키코모리'가 중대한 사회 현안으로 떠올랐다. 히키코모리(引き籠もり)란 '틀어박히다'는 뜻의 일본어 '히키코모루'에서 나온 말이다. 종일 집이나 자신만의 아지트에 틀어박혀 벗어나지 않고 대인 관계나 취업 등의 사회생활을 중단한 젊은이들을 말한다. 이들은 부모에게 경제력을 전적으로 의존하면서 가족과는 대화를 단절하고, 낮에 잠자고 밤에 일어나 컴퓨터 게임이나 드라마에 열중한다. 우울감을 느끼고, 자신의 삶에 개입하려는 부모에게 폭력을 행사하기도 해서 사회 문제로 인식되고 있다.

그런데 이제 한국도 예외는 아니다. 살인적인 경쟁과 취업난, 평생 번 돈의 대부분을 투자해야 겨우 얻을 수 있는 부동산 문제 등으로 인해 자발적 외톨이가 많아지고 있는 것이다. 특히 취업난은 은둔형 외톨이의 증가를 부추긴다. 노량진과 신림동에서 흔히 볼 수 있는 공시생들은 집을 떠나 혼자 고시원 같은 쪽방에서 산다. 그렇게 몇 년간 실패를 거듭하면 가족과 연락을 끊고 아르

바이트만으로 생계를 유지하며 외톨이로 산다. 이들에게 연애나 결혼, 직장과 집 장만은 모두 사치일 뿐이다.

2020년의 한 설문에서 취업을 준비하는 젊은이 10명 중 4명은 공무원 시험을 준비한다고 응답했다. 이유 역시 간단했다. 정리 해고와 조기 은퇴 등의 압박이 없어 정년이 보장된 공무원이 안정된 생활을 보장한다는 것이다. 가족과의 불화 등의 이유로 학교를 벗어나서 홀로 사는 청소년 인구 또한 대략 30만 명에 육박하고 있다. 이것이 개인의 문제가 아니라 사회 문제인 이유다.

비혼 가구와 이혼 이후 홀로 사는 자발적 외톨이도 많아졌다. 그들이 연애나 결혼을 안 해 본 것은 아니다. 그들은 경험을 통해 결국 혼자 사는 것이 편하고, 더 합리적(?)인 경제생활이라는 것을 알게 되었다고 고백한다. 우리나라 이혼율은 OECD 평균보다 높고, 비혼 인구 역시 가파르게 증가하고 있다. 이들은 결혼과 가정이 행복을 가로막는 인생의 짐이 될 것으로 걱정한다. 이 역시 열심히 일해도 온전히 가정을 꾸리기 힘든 경제 구조에 원인이 없다고 보기 어렵다.

한국의 전통적인 가치관도 급격한 변화를 맞고 있다. 유별난 자식 사랑과, 사랑의 목적이 결혼이어야 하다는 인식은 이제 낡은 것이 되었다. 이런 시대 변화를 가장 먼저 겪고 있는 나라가 한국이다. 젊은 외톨이도 많아졌지만, 외톨이가 된 노년도 점점 늘어나고 있다. 가족 구조가 바뀌고 풍습 또한 어디로 향할지 모른다. 독립적 생활만을 추구하는 외톨이 인생이 사회의 주류가 된다면, 그 사회는 그만큼 외로운 사회가 아닐까.

숫자 '사(四)'의 깊은 뜻

'사(四)'는 세계를 뜻하는 숫자라고 한다. 조물주께선 이 숫자 4를 염두에 두고 만물을 창조했다고 한다. 나를 둘러싸고 있는 완전한 상태를 하나로 묶은 숫자로, 안정성과 전체성, 질서와 합리성을 상징한다고 한다. 동서남북 기본 방위도, 춘하추동의 사계절도 이 '사(四)'의 원리를 보여 준다.

많은 이들의 소망을 담아 온 밤하늘의 달 역시 초승달, 상현달, 보름달, 하현달의 4가지 모양에 담긴다. 사람 운명을 점칠 때 사용하는 육십갑자의 조합인 사주(四柱) 역시 생년월일이라는 4개의 요소다. 고대 철학자가 세상을 이루는 기본 요소라고 했던 물, 불, 공기, 흙 역시 4개다. 공간 역시 4개의 방법을 써야 측정할 수 있다. 길이, 넓이, 깊이, 높이다. 세상 모든 길로 통하며 막히지 않는다는 뜻의 사방팔방, 사통팔달 역시 마찬가지 원리다.

기독교에서는 예수의 생애를 기록한 신약성서 중 주님의 영성으로 가득 찬 대목은 별도로 복음서(福音書)라고 하는데, 마태복음·요한복음·마가복음·누가복음을 4복음서라 한다. 유교의 맹자는 사람이 선하게 태어났다며 그 4가지 바탕을 이루는 마음을 사덕(四德)이라고 했다. 바로 인의예지(仁義禮智)다. 불교에선 보살(사람)이 사람들에 줄 수 있는 4가지 자비심을 사무량심(四無量心)으로 묶는데, 자(慈)·비(悲)·희(喜)·사(捨)가 바로 그것이다.

사찰에 가면 동서남북 4개의 세상을 지키는 사천왕이 있고, 청룡·백호·주작·현무를 신령한 동물로 간주해 '사령(四靈)'이라 칭한다. 그리고 이들은 모두 4개의 방위와 연결된다. 청룡은 동방, 백호는 서방, 현무는 북방, 주작은 남방의 신(神)이다. 고대 인류 문명의 탄생을 세계 4대 문명으로 분류하는데, 이집트문명, 메소포타미아문명, 인도문명, 중국문명이다. 세계 4대 성인을 공자, 석가모니, 예수, 소크라테스로 지목해서 추앙하기도 한다.

팔다리가 튼튼한 사람을 사지가 멀쩡하다고 말하고, 야구에서 강타자는 4번 타자다. 육상과 수영에서 가장 기록이 좋은 선수는 4번 레일에 배정받고, 월드컵은 4년에 한 번 열린다. 이렇듯 세계를 구성하는 요소를 4개로 생각하는 이유는 4라는 숫자가 주는 안정감에 있다. 4개의 다리를 가진 들짐승, 4각형의 건물과 같이 땅에 가장 안정적으로 존재할 수 있는 기초가 바로 4인 이유다.

'4'자를 죽을 사(死)로 받아들여 엘리베이터 4층 버튼엔 숫자 4 대신 F자를 넣기도 하지만, 흥미롭게도 행운을 상징하는 클로버는 네 잎 클로버다. 4(四) 자의 본뜻을 깊이 알면 피할 이유가 없다. 완성과 세계의 원리를 뜻하는 신묘한 숫자가 바로 '4'자다.

행복 스위치

마음의 문을 열면 행복은 무한한 표정으로 다가온다. 행복은 늘 어디에 숨어 있다가 고운 날개를 달고 그 얼굴을 살짝 비친다. 울창한 산길을 걸을 때 나뭇가지를 옮겨 다니며 나와 숨바꼭질하는 다람쥐를 찾듯, 언제 나타날지 모르는 행복을 설렘으로 찾아보는 것 자체가 행복이다. 사는 게 힘들다고 행복하지 않은 것은 아니다. 늘 행복하다고 말한다고 아무런 고통이 없는 것도 결코 아니다. 항시 즐겁게 웃으며 살면 숨어 있는 행복이 눈에 들어오기 마련이다.

신이 우리에게 준 최대의 선물이 바로 웃음과 눈물이라고 한다. 눈물에는 치유의 힘이 있고 웃음에는 건강이 담겨 있다. 사람의 마음에는 특별한 스위치가 있는데, 그것은 오직 자신만이 켜고 끌 수 있는 행복 스위치라고 한다. 이 행복 스위치는 늘 마음속에 있기에 자신도 모르게 이 스위치를 끄곤 한다. 작은 불행에도 스스로 불행해질 준비를 하고, 스쳐 가는 껄끄러운 감정을 증폭시켜 미워할 준비를 하는 것이다. 그래서 어떤 불행은 자신이 꺼 버린 행복 스위치로 인해 더 참담하게 다가온다.

'소망'은 찾는 것이고 '원망'은 잊는 것이라고 한다. 내가 행복해야 내 주위가 행복해진다. 웃음은 세균이나 바이러스가 침입하지 못하도록 면역체계를 활성화해서 건강을 지켜 주는데, 실제로 웃음은 사람의 마음을 긍정적으로 변화시키고 정서적 안정을 찾는데 큰 도움을 준다고 한다.

웃음은 슬플 때를 대비해 있는 것이고, 눈물은 기쁠 때를 위해 있는 것이다. 사랑은 서로 마주 보는 게 아니라 함께 같은 방향을 보는 것이다. 우정은 친구를 디딤돌 삼아 내가 높아지는 것이 아니라 친구가 나를 딛게 하여 나보다 친구를 더 높이는 것이다. 느껴 보라. 눈물 흘릴 만큼 배꼽을 잡고 웃으며 친구의 얼굴을 보자. 그 순간이 마음속에 행복 스위치가 올라가 온몸을 밝은 빛으로 채우는 순간이다. 우정이 주는 선물은 이와 같다.

자주, 또는 늘 행복할 수 있는 것도 능력이다. 그 능력은 바로 내 주변에서 늘 숨바꼭질하는 행복을 찾아내는 힘이다. 불행한 자의 눈에는 결코 보이지 않는 행복을 찾아내 만끽하고 웃으면 그 소문을 듣고 '행운'이라는 것도 찾아온다. 행복과 행운은 친구이기 때문이다. 반대로 스스로 불행한 자의 소식을 들은 갖은 불운은 이 불행한 자와 동행하려 한다.

　행복의 이치는 이와 같다. 부디 행복이 내 쪽에 설 수 있도록 일상 속에 숨어 있는 행복을 찾아 행복 스위치를 올리자. 그리고 기왕이면 더불어 사는 세상, 내 행복을 남에게도 전해 주자. 행복은 샘물과 같아 퍼 준다고 마르지 않고 더욱 충만하게 나를 적신다.

부지런하면 어려운 일이 없다

중국의 화교들이 세계 각지로 진출했을 당시 세계인들은 세상에서 가장 부지런한 사람들을 화교로 뽑았다. 화교들은 서로 뭉쳐 이른 아침부터 밤까지 영업하며 지역 상권을 장악해 갔다. 그런데 이 화교들도 혀를 내두르게 만든 민족이 바로 우리다. 화교들이 아침 장사를 하면 한국인들은 새벽 장사를 했고, '연중무휴' 또는 '24시간 영업'이라는 지구상 최초의 영업 방식을 고안하기도 했다.

몸만 부지런했던 것이 아니다. 서구의 경험자들이 절대로 성공할 수 없다는 만류에도 우리는 영민하게 틈새시장을 만들어 냈다. 그래서 석유 한 방울 나지 않는 나라가 정유 공장을 세워 세계의 정유 시장을 석권했고, 철강 원재료를 전량 수입해야 했지만 제철소를 세우고 세계 최대 규모의 조선소를 만들어 배를 제조했다. UN에서 식량 원조를 받던 나라가 세계 10위권의 교역을 자랑하는 경제대국으로 성장한 것 역시 이 불굴의 의지와 성실함을 빼곤 설명하기 어렵다.

부지런한 사람은 일시적으로 가난할 수는 있어도 끝내 일어선다. 부지런하면 저절로 복이 들어오고 결국 먹고사는 데 걱정거리가 없는 생활을 영위하게 된다. 부지런한 사람은 불행도 행운으로 만들고, 나쁜 일도 결국 새옹지마처럼 기회로 만들어 낸다. 일찍 일어나 거리를 쓸고 인사성이 바르고 항시 즐겁고 감사한 마음으로 살아가기에 칭송받고 잘 살게 된다.

아침의 첫마디에는 인생을 좌우하는 힘이 깃들어 있다. 똑같은 말을 반복하면 그대로 된다고 한다. 매일 성실하게 다짐하고 삶의 지표를 단단히 움켜쥔 사람은 언제든지 떨쳐 일어나 성공할 준비가 되어 있다. 그래서 부지런한 사람에게 행운과 기적이 더 많이 찾아오는 것처럼 보인다. 그러나 사실은 그가 행운과 기적을 받아들일 준비가 되어 있었기 때문에 성공한 것이다. 부지런한 사람의 긍정적인 기운은 운세도 바꾸고 그의 미소는 사람을 끌어들인다. 진정 부지런한 사람은 몸과 마음이 모두 성실한 사람이다.

나는 머리 좋은 사람보다, 잘생긴 사람보다, 재물이 많은 사람보다 그냥 부지런한 사람이 제일 좋더라. 자신의 삶이 부끄럽지 않도록, 가슴을 펴고 당당하게 살려면 부지런한 사람이 되어야 한다. 부지런하면 어려운 일이 없다.

'더' 때문에

우리는 살며 늘 무엇인가 갈망한다. 더 좋은 것, 더 새로운 것, 더 아름다운 것. 우리는 이 '더' 때문에 더 바쁘고 더 외롭고 불안하게 살아간다. 만약 우리가 '더'가 아닌 '꼭' 필요한 것에 집중한다면 조바심 내지 않고 보다 평온하게 살아갈 것이다. 더 좋은 것에 대한 욕망, 더 편하고 더 높은 수준의 삶을 갈구하기에 더 일하고 더 바쁘며 더 채찍질하며 살아간다.

이 '더 좋은 것'들은 주로 물질적인 것들이다. 더 좋은 차, 더 넓은 집, 더 좋은 가구, 더 고급스러운 음식, 더 좋은 교육 등. 진정 나에게 꼭 필요한 것과 내 마음을 흡족하게 만들어 참행복과 기쁨을 줄 수 있는 것을 열망한다면 우리는 다른 삶을 살 수 있다. 가장 좋은 것들은 오직 내 마음속에 있다. 바로 사랑, 정직, 성실, 친절, 진실, 겸손, 희망, 배려, 용서, 이해, 감사, 증정, 소박, 열정, 성공, 행복, 최고, 정상, 미소, 성숙 이런 것들이다.

문제는 열심히 살아가는 삶의 태도가 아니다. 삶의 지향과 가치를 잃어버린 채 무작정 타인들이 열망하는 것을 열망하고, 상류층이 소비하는 것을 그대로 따라 하기 위해 몸을 혹사하고 자신을 혹독하게 내모는 것이다. 즉 미래의 행복을 위해 현실의 행복을 유보하거나, 오직 돈을 축적하기 위해 스스로 고초를 감내하며 살아가는 것이다.

  행복한 삶이 무엇이냐는 것은 누구도 뚜렷하게 답해 주기 어려운 문제임에도 '더 좋은 것, 더 좋은 삶'이란 그저 물질의 축적이라고 맹목적으로 받아들이는 사람도 많다. 이 경우 우리는 삶의 진정한 의미를 잃게 된다. 행복이 물질에 의해 좌우된다면, 그리고 그 행복이 미래에 있다면 현실의 삶은 미래를 위한 '벌'이 된다. 하지만 사람의 욕망은 결코 채워지지 않는다. 말 그대로 '더 좋은 것'에는 끝이 없기 때문이다.

  얼마나 더 부귀영화를 누리겠다고 아등바등 앞만 보고 살아가고들 있는지…. 진정한 삶의 의미를 생각하면 그런 삶이 무엇을 가져다줄지 모르겠다. 어찌 보면 순리대로 평범하게 살아도 될 텐데. 더 잘살아 보려는 허망한 욕심 때문에 뜬구름 쫓는 것은 아닌가 생각된다. '더' 때문에 인생을 허망하게 보내서는 안 된다. '더'는 욕심이다! 사람들은 '더' 때문에 인생을 어렵게 만든다. '더'

때문에 마음을 빼앗겨 살다가는 행복이 깃드는 마음의 곳간이 텅
텅 비어 버릴지도 모를 일이다.

4부

자꾸만 돌아보는 이유

다시 찾는 아버지

●

한국의 전후 세대들에게 아버지는 거대한 버팀목이었다. 아버지가 있고 없고는 당시 아이들에게 생사존망이 달린 문제였다. 아버지의 헌신으로 매일 밥을 먹을 수 있었고, 등록금을 내고 결혼을 할 수 있었다. 공부를 잘하는 아이를 좋은 학교에 보내기 위해 당시에는 중학교 때부터 지금의 광역시로 유학 보내는 일이 많았다. 전남권의 학생들은 광주로, 충청권의 학생들은 대전으로, 경북권의 학생들은 대구로 가서 공부했다.

운이 좋으면 친척 집에 묵었지만, 많은 학생들이 자취방을 구해 학교를 다녔다. 주말엔 시골집에 내려가 집안일을 돕고 쌀과 김치 항아리를 들고 돌아왔다. 대학에 진학할 때 아버지는 소를 팔고, 결혼할 때 전답을 팔아 결혼자금을 마련해 주었는데 이는 아주 흔한 일이었다. 오죽하면 대학이 '진리의 상아탑'이 아니라 아버지가 소 판 돈을 받아 쌓은 '우골탑(牛骨塔)'이라는 말까지 있었겠는가.

부모님이 고생해서 자신을 성장시킨 것을 누구보다 잘 알았기에 아버지를 존경한다는 친구들도 많았다. 그 시대는 효심이 한국 경제의 동력이었다고 해도 과언이 아니었다. 고생하신 부모님의 노고를 헛되이 하지 않으려고 유학 갔던 젊은이들은 독하게 공부했다. 공장에 취업했던 청년들은 형제들을 뒷바라지했다. 그들이 죽도록 일했던 이유는 바로 가정에 대한 책임감, 부모님에 대한 죄책감이었다.

하지만 아버지의 품격은 급격히 해체되어 가고 있다. 아이들에게 엄마와 달리 아버지는 스킨십이 적고, 아이가 청소년기가 되면 대화가 단절된다. 아버지 월급만으로는 가계를 지탱할 수 없기에 맞벌이 가정도 늘었다. 아이들과 보내는 시간은 자연히 줄어들었다. 지금의 아이들은 아버지가 일하는 모습을 보지 못하고 자란다.

아버지에게 전수받아야 할 것이 없던 아이들은 아버지를 하나의 불편한 존재로 여기기도 한다. 아버지가 집에 들어오면 집안 분위기가 무거워진다거나, 휴일에 거실에 있는 소파 정도로 대하는 가정도 많다고 한다. 요즘 기러기 아빠나 가정에서 배제된 중년의 고독에 공감하는 이들이 많아졌는데, 지금 세대의 특징 중 하나일 것이다.

그렇게 서먹한 관계 속에서 자랐지만, 아이들이 커서 결혼을 하면 조금씩 아버지를 이해하기 시작한다. 왜 어렸을 때 아버지의 뒷모습이 쓸쓸해 보였는지 아이들을 키우면서 알게 된다. 그래서 늦었지만, 더 늦고 싶진 않아서 다시 아버지의 품을 찾는 경우도 많다. 아마 50년 전과 달리 지금 아버지라는 존재는 말없이 그늘을 드리우고 아무것도 바라지 않는 고목과 같은 존재가 아닐까. 가장 단단한 기둥이었지만, 군림하지 않고 강요하지 않는 가장들.

오랜 세월 아버지와 속내를 터놓고 이야기하지 못한 가정이 많다고 한다. 아버지도 기다리고 아이들도 원하지만 어떻게 대화를 할지 그 운을 떼지 못해 서먹한 관계가 이어지는 경우도 많다. 하지만 아버지는 표현에 서툴 뿐 마음은 늘 한결같다. 아버지를 귀한 인생의 선배로 대하고 접근하면 언제나 아버지는 마음의 문을 활짝 열어 주신다. 자식들이 가끔 눈에 벗어나는 짓을 해도 아버지는 그걸 모른 척 넘어가 주고, 또 기회를 주신다.

아버지와 오래 이야기하는 것이 어려웠던 자식들에게 다음 세 가지를 권하고 싶다. 아버지와의 저녁 만찬을 준비하자. 아버지가 좋아하는 안주를 곁들여 술 한잔하자. 다음으로 아버지와 함께 여행을 떠나는 것도 좋다. 처음에는 어색하지만 다녀오면 참

잘한 일이라 생각하게 된다. 그리고 다음엔 더 쉬워진다. 끝으로 아버지와 만난 자리에선 기탄없이 내 사회생활의 어려움을 터놓자. 그 길을 알려 달라고. 아버지는 자식이 꺼낸 그 고민 하나만으로도 눈물 나게 고마워하실지도 모른다. 그렇게 아버지는 위대해진다.

아버지는 삶의 위대한 기둥이고 가정의 버팀목이다. 허심탄회한 대화의 상대이며 삶의 방향을 찾아 주는 보호막이다. 아버지는 지혜와 품격을 갖춘 멋진 한 남자다.

꽃의 향연이 아름답다!

동백이 목을 떨구어 봄을 부르면 유채와 산수유, 매화가 남쪽에서 북상하기 시작한다. 이어서 수천수만의 벚꽃이 꽃비가 되어 떨어진다. 배꽃, 노루귀, 미나리꽃, 데이지, 불두화, 개양귀비, 작약, 이팝나무, 자운영, 모란의 향연이 펼쳐진다. 만개한 아카시 나무 아래에 서면 웅웅거리는 꿀벌의 날갯짓에 정신이 아득하다. 산란을 앞둔 새들의 지저귐으로 아침을 맞는다. 그리고 장미. 장미가 피면 여름 축제가 시작된다.

꽃은 아름답다. 꽃을 보면 즐겁고, 꽃 색깔에 따라 마음마저 물드는 느낌이다. 모든 꽃은 아름다워서 연인에게 바칠 꽃의 꽃말을 고르는 청춘의 보조개를 물들인다. 꽃이 아름다운 이유는 지기 때문이라고 말하는 사람도 있다. 번식을 위해 씨앗을 퍼뜨리며 생을 미련 없이 종료하는 그 아스라한 모습이 아름답다고 말하는 이도 있다. 꽃은 자기가 잘났다고 뽐내지 않고 자만하지 않으며 서로 저 잘났다고 싸우지도 않는다. 오직 자기만의 꽃을 피우고 열매를 맺는다. 꽃은 자연 그대로다.

꽃이 좋아지면 나이 든 것이라고 한다. 왜 그런지에 대한 이야기를 접한 적은 있다. 암갈색의 겨울을 온몸으로 밀어내고 세상을 물들이는 꽃의 모습을 보며 노인들은 생명의 경이로움을 느낀다고 한다. 꽃이 아름다운 이유는 바로 계절을 돌아 단 한 번 피는 새 생명이기 때문이다. 그래서 노년은 갓난아이를 보면 눈물이 나고, 갓 태어난 강아지에게도 강한 연민을 느낀다.

그리고 노인이 꽃을 사랑하는 이유는 꽃이 사람보다 아름답다는 것을 알기 때문이란다. 세상 풍파에 시달린 노인들은 제 모습 그대로 피어나 계절이 지면 따라서 지고 마는 꽃을 아름답다고 느낀다. 시골 노인도 꽃이 예쁘다 느끼지만, 어릴 적 농촌을 떠나 도시에서 오래 살아왔던 노년들은 특히 산천 그득 자란 꽃을 보면 동심으로 돌아간다. 진달래가 폭죽을 터뜨린 제방을 보면서도 고향 산천을 떠올린다.

꽃의 향연이 아름답다. 봄은 꽃의 계절이고 매일이 잔칫날이다. 꽃이 있어 봄이 있는 듯싶다. 봄꽃이 지면 여름꽃이 피고, 여름꽃이 지면 가을꽃이 핀다. 그저 아쉬운 계절은 겨울인데, 그나마 겨울 끝자락에 피는 동백이 위로할 따름이다. 봄꽃이 황홀한 이유가 여기에 있지 않을까. 얼어붙은 저 땅 아래에서 땅심을 잔뜩 먹고 생을 밀어 올린 저 생명력 말이다.

내 생에 가장 젊은 날

●

　사람 인생에서 가장 젊은 날은 바로 오늘이다. 인생에서 가장 아까운 시간 역시 '지금'이며, 가장 소중한 사람은 지금 바로 곁에 있는 배우자와 가족이다. 어제 일은 되돌릴 수 없고 미래의 일은 누구도 모른다. 오직 확실한 것은 바로 오늘 삶이 과거를 치유하고, 미래를 도모한다는 사실이다. 청년 시절에는 누구나 꿈을 꾸고, 장년기에는 앞만 보고 달리며, 노년기에 접어들면 자꾸만 뒤만 돌아보게 되는 것이 인간의 섭리다.

　현대인의 불행은 사회적 은퇴기와 생물학적 사망 시기가 너무나 떨어져 있다는 데 있다. 사회는 이제 막 50세를 넘어선 장년에게 나갈 준비를 하라고 한다. 하지만 그 50대가 앞으로 살아가야 할 세월 역시 반백년이다. 세월을 이기는 장사는 없지만, 오늘이 내 생애 가장 젊은 날이기에 오늘을 사랑하고 오늘을 위해 열심히 살아가는 것이 인생 끝자락을 아름답게 만들어 가는 참된 길이다. 인생의 꽃은 오늘이다. 가장 젊은 날도 오늘이다.

아파트 내의 농구장이나 테니스장을 서툰 걸음으로 도는 노인들을 본다. 사연을 물어보면 대부분 풍을 앓은 후유증으로 재활을 위해 걷거나, 심각한 당뇨를 앓아 당 수치 조절을 위해 걷고 있다고 한다. 이 풍경은 이제 우리에게 너무나 익숙한 풍경이다. 젊은 시절 온통 설산을 배경으로 정상에 올라 기함을 토했지만, 계단 몇 걸음에도 숨이 차고 얼마간의 산책로조차 엄두를 못 내는 노인들이 허다하다. 회한은 이럴 때 찾아온다. 젊었을 때 술을 절제할 것을, 꾸준히 몸 관리를 했다면 좋았을 것을.

회한은 잃어버린 건강에만 있지 않다. 항암을 하다 서서히 죽음을 받아들인 사람들이 공통적으로 전하는 말이 있다.

"더 사랑하고 자주 사랑한다고 전해 줄 것을……."

하지만 시간은 덧없이 흘러 되돌릴 수가 없다. 중요한 것은 오늘이다. 작년에 했던 후회를 오늘도 하고 있다면, 오늘 결심하고 행동해야 한다. 오늘 행동하지 않으면 미래는 달라지지 않는다. 어제는 회복할 수 없고 내일은 아직 내 것이 아니다. 오늘 주어진 24시간만이 내가 전능(全能)할 수 있는 유일한 시간이다. 사랑하는 이에게 사랑한다고 전하고, 오래전에 구상했지만 쓰지 못한 원고를 완성하고, 세파에 밀려 연락이 두절되었던 친구의 연락처를 수소문하자. 숨이 찰까 두려워 오르지 못했던 덕유산 능선을 오르기 위해 조금씩 걷는 거리를 늘리며 준비하자.

'내일'이라는 기회는 '오늘' 작은 일을 해내는 자에게 주어진 특권이다. 삶의 황금 시간은 내가 숨 쉬고 있는 바로 지금이다.

서리 맞은 단풍, 봄꽃보다 붉어라

누군가 말했다. 불꽃놀이가 아름다운 이유는 짧은 생 모든 것을 남김없이 태우는 삶 때문이라고. 황혼이 아름다운 이유는 저물 때까지 자신을 불태워 세상을 물들이기 때문이라고 말이다. 맞는 말이다. 노년은 인생 주기 중 가장 행복할 수 있는 시기이기도 하다. 다리에 힘이 빠지고 몸에 하나둘 이상 신호가 찾아오는 데 무슨 말이냐고 의아할 수 있겠다. 그러면 반문하겠다. 건강했던 젊은 시절, 당신은 마냥 행복했느냐고.

노년이 행복한 이유는 천국이 내 마음속에 있다는 것을 알기 때문이다. 풍파를 거치며 인생에서 진정 소중한 것을 알게 되었고, 하나둘 사라지는 것들이 있기에 생의 의미에 집중할 수 있는 시기가 바로 노년기다. 봄꽃과 단풍을 보고 경탄하고, 아이의 옹알이가 생명이 축복이라는 것을 깨닫는다. '늙음'은 '비움'이다. 육신이 공허해진 이유는 어미 새와 같이 자녀들에게 많은 것을 주었기 때문이다.

또래 동창들의 얼굴을 보면 가끔 신기하다. 늙어 가는 모습이 엇비슷하다. 젊은 시절 개성 넘치던 얼굴들이 이제는 모두 닮아 있다. 저마다 특색 있던 성격 또한 모두 변해 어디에 가서도 볼 수 있는 말 많은 노인이 되었다. 끝없이 흐르는 세월의 강이 나와 친구들의 성격과 외형을 둥글게 다듬은 것이다.

매일 공짜 지하철을 타고 복지관과 공원을 전전하는 동년배 노인들의 걸음을 보면서 노년의 공허함을 느낀다. 노년의 문턱에서 육신은 하나둘 고장 나고, 한 달에 몇 번이고 가야만 하는 병원과 약국의 의자에 앉아 있노라면 그저 삶이 고단하기만 하다.

친구들은 죽음의 형태에 대해서도 생각하고 있었다. 하나같이 가족들 고생시키지 않고 어느 순간 갑자기 찾아와 이 세상과 작별했으면 한다고 했다. 생의 종결 시점에 타인에게 무거운 짐을 넘기지 않겠다는 의지만은 강해 보였다. 물론 이 역시 사람의 의지만으로 되지 않는 일이다.

한 설문기관에서 20대와 60대에게 돈, 명예, 권력, 건강 이 네 가지를 가지고 중요한 순서대로 번호를 적으라고 요청했다. 20대는 돈, 명예, 권력, 건강 순으로 적었다. 하지만 동일한 질문에 60대는 건강, 돈, 명예, 권력 순으로 적었다. 세상에서 가장 중요한 것이 바로 건강이라는 사실을 노년은 알게 되었던 것이다. 그리고 한국의 노인들은 건강과 가족의 안위를 위해 돈은 필수라고 생각하고 있었다. 벼락부자가 될 수 있는 돈이 아니라 가끔 외식도 하고 손주들에게 용돈을 주고, 배우자가 아프면 좋은 치료를 받게 할 수 있는 돈이 행복의 조건이라고 본 것이다.

당나라 시인 두목(杜牧)은 지금도 사랑받는 명시(名詩)를 남겼다.

停車坐愛楓林晚(정거좌애풍림만)
수레를 멈추고 앉아 늦가을 단풍을 보고 있자니
霜葉紅於二月花(상엽홍어이월화)
서리 맞은 단풍이 2월(음력)의 봄꽃보다 붉다

「산행(山行)」이라는 시다. 하얀 서리를 얹은 단풍의 붉음을 상상하면 그 아름다움을 능히 짐작할 수 있다. 서리 맞은 단풍은 시련을 견뎌 살아온 노년을 뜻하고, 음력 2월의 봄꽃은 젊음에 비유한 것이다. 노년이 젊음보다 아름다울 수 있는 이유다. 노년의 붉음은 그저 늙었기에 얻은 것이 아닐 것이다. 노년에도 자신의 생을 태우는 열정, 그것이 노년을 더 아름다운 것으로 만드는 것 아닐까.

젊은 오빠

●

나이를 먹어도 아직 아름다운 여성을 보면 설렌다. 꽃비가 하얗게 내리는 봄날 벚나무 아래에서 피어오르는 젊은이들의 웃음소리를 들으면 화사해지는 느낌이다. 사춘기는 질주하는 청소년기에만 오는 것이 아니다. 노년에게도 사춘기가 있다. 몸과 마음의 부조화 때문이다. 마음은 여전히 젊고 싱싱한데, 주변에선 어르신 대접을 하고 어른 노릇을 하길 요구한다. 노년 역시 여전히 여성의 아름다움을 동경한다. 하지만 사람들은 지쳐 버린 육신만을 보고 마음에서 일어나는 이 노년의 '흔들림'을 주책이라고 한다.

나이는 속일 수 없는 인생 계급장이기도 하다. 벼락을 맞고 태풍에 흔들린 고목의 열매가 더 향기롭고 맛도 좋다고 한다. 넘치는 에너지로 어디로 튈지 모르는 발랄함이 청년의 매력이지만, 노년은 잘 익은 중후함과 은근하고도 깊은 맛의 매력을 지녔다.

그 매력을 스스로 가꾸며 '찬란한 노년'을 만끽하는 사람이 있는 반면, 인생 종착역에 다다른 사람처럼 마음마저 늙어 버린 사람도 있다. 인생의 황금기를 잘못 이해하고 있는 것이다. 생의 황금기는 죽도록 일하며 아이들 먹여 살리기 위해 분투했던 장년 시절이 아니다. 가파른 비탈을 오르며 가족에게 헌신했던 사람이 정상에 오른 후 아름다운 산맥의 능선을 만끽하며 걷는 노년기야말로 인생의 황금기다.

만끽하라. 맛난 것이 있으면 찾아서 먹고, 아내의 손을 잡고 또는 벗들과 함께 놀자. 자고 싶으면 자고, 배우고 싶은 것이 있다면 바로 도전하자. 책을 읽고 걷자. 가족과는 웃음꽃이 피어날 일을 계획하자. 새벽이슬 맺힌 꽃을 보러 산을 오르고, 함께 걸어온 아내에게 맛난 것을 선사하며 낭만을 즐기자.

기왕이면 젊고 매력적인 오빠로 살자. 옷도 멋지게 입자. 아내와 함께 외식할 때 이태리풍의 양복을 입고, 가을엔 프렌치 코트도 입어 보자. 노년이 성숙함으로 존경받을 때라고만 생각하지 말자. 중후한 매력으로 무장한 '젊은 오빠'가 될 수 있다고 생각해야 한다.

지갑은 열고 말은 적게 하자. 손에 책을 들고 경쾌하게 걷자. 누가 나의 늙음을 육체의 낡음이라 보겠는가. 오늘은 신이 내게 준 마지막 생일 수도 있다. 어떻게 보면 생명이라는 것, 산다는 것 자체가 기적 아니겠는가. 그리고 곁의 사람 손을 잡고 서로 사랑하자. 적절하게 사람들을 웃길 수 있는 유머도 준비하자.

노년은 낭만이고 생의 마지막 선물이다. 노년이 행복해야 인생이 행복하다. 인생 후반전에 마음고생 만들지 말고 마음 내키는 대로 무엇이든 하라. 기왕이면 젊은 오빠로 살아가자. 단정한 용모, 올바른 태도, 성실한 마음, 좋은 인품의 향기를 풍기는 젊은 오빠로 살자.

나이 들면 알아야 할 사소한 습관

●

밤에 자다가 화장실을 가야 할 때 꼭 지켜야 할 습관이 있다. 침대에서 벌떡 일어나는 것이 아니라 눈을 뜨고 30초간 그대로 있다가 느린 동작으로 일어나 두 발을 반드시 침대 아래로 착지한 상태에서 일어나야 한다는 것이다.

오래 누워 있거나 앉아 있을 때 사람 몸은 뇌와 몸이 활성화되지 않은 상태다. 피가 뇌로 전달될 때까지 얼마간의 시간이 필요하다. 이것을 '1분 30초 법칙'이라고 한다. 눈을 뜨고 몸을 일으키고 발을 땅에 디뎌 일어날 때까지 30초, 30초, 30초를 반드시 지키라는 법칙이다. 그러지 않고 갑자기 몸을 일으키거나 허둥대면 뇌졸중이 올 수 있고, 현기증으로 인해 넘어져 큰일을 당할 수 있다. 사소한 것이지만, 습관으로 길들이지 않으면 낭패를 볼 수 있다.

수면무호흡증도 뇌졸중의 중요한 원인이다. 수면무호흡증은 자는 동안 몇 초간 아예 숨을 쉬지 않는 현상을 자주 겪는 것이다.

비만에 약주까지 즐기면 그 확률이 더 높아지는데, 옆으로 자고 푹신한 베개를 피하고 금주·금연하는 것만으로도 그 위험을 줄일 수 있다.

종합병원 응급실은 늘 추운 겨울날이 가장 분주하다고 한다. 기온이 낮아지면 혈압 변동이 심해지고 혈관이 수축한다. 이에 뇌혈관이 좁아지는 뇌경색이나 혈압을 못 이겨 혈관이 터지는 뇌출혈이 발생할 수 있다. 겨울철 낙상 사고도 많지만 추운 날 급격하게 몸을 움직이거나 지하철 계단을 오르다 쓰러지는 사람이 무척 많다.

겨울철 외출할 때에는 집 안에서는 약간 덥다 싶을 정도로 목과 머리를 보온하고 마스크나 목도리 등으로 입안으로 들어오는 냉기를 관리해야 한다. 나이 먹을수록 동작은 약간 느리게, 그러나 부지런히 움직이는 것이 좋다. 시간에 쫓겨 허둥대다가 사고를 당하는 이들이 많고, 특히 밥을 먹고 난 후엔 충분한 여유를 가지고 움직이는 것이 좋다. 위에 혈액이 집중되어 있는 상태에서 무리하게 격하게 움직이는 것도 사고의 원인이 된다.

치료보다 중요한 것이 예방이다. 생각도 천천히, 동작도 여유 있게 하면서 시간을 즐겨야 한다.

잠시 머물다 가는 인생길

인생 모나지 않게 둥글둥글 살아가자. 행복하다고 말하면 잠시 나마 행복해지고, 고맙다고 말하는 순간 고마운 마음에 따뜻해진 다. 아름답다고 입 밖으로 뱉는 순간, 풍광은 더욱 황홀해진다. 좋은 말을 하고 감탄할수록 마음은 순해지고 즐거워진다. 인생 둥글둥글 행복하게 미소 지으며 걸어가자.

각박한 삶에 아등바등 고단하고 모진 세상이지만, 그럴수록 우 리는 더 아름답게 살아가자. 100년도 못 살면서 영원히 살 것처럼 모질게 살진 말자. 어차피 이 세상 잠깐 소풍 와서 구름처럼 사라 지는 것을. 일생이 잠깐이듯 만남과 이별 또한 찰나이다. 사랑이 아무리 깊어도 산들바람이 오고 가는 것과 같고, 외로움이 지독 한 것 같지만 결국 우리 모두 결국 혼자가 된다.

세상도 삶도 내 것이라 생각 마라. 잠시 머물다 가는 인생길은 결국 나그네 길이다. 정처를 알 수 없고, 푸른 들판 그늘에서 잠깐 쉬다 다시 돌아가는 것이 인생이다. 「귀천(歸天)」이라는 시로 잘 알려진 천상병 시인의 묘비엔 그의 시를 따라 이렇게 적혀 있다.

"아름다운 이 세상 소풍 끝내는 날
가서 아름다웠더라고 말하리라"

따져 보면 이곳은 원래 우리가 있던 곳이 아니고, 그저 머무는 곳일 뿐. 결국은 우리의 고향인 하늘과 흙으로 돌아가는 것이다. 그래서 세상살이를 '소풍'에 비유한 천상병 시인의 혜안에 감복하게 된다. 소풍 가는 데 아파트며 돈다발이며, 자동차며 귀금속이 왜 필요하겠는가.

다만 신은 나들이 떠나는 우리에게 간단한 선물을 도시락같이 싸 주셨다. 그것은 바로 미소다. 소풍길에서 만나는 벗들에게 미소로 인사하고, 먼저 집으로 돌아가는 벗에게도 미소로 인사하는 것이 아마도 신의 섭리에 부합하는 것인지도. 미소를 머금고 상대에게 기쁨을 주면 그보다 큰 행복감이 내게 오고, 이따금 찾아오는 고단함도 말끔히 씻어 준다.

한낮 뜨거운 태양 아래에서 지쳐 쓰러진 벗에겐 배낭에서 물과 사과 한 개를 꺼내 건네주자. 원기를 회복한 친구는 해넘이 무렵엔 지친 내 손을 잡아끌 것이고, 가벼워진 배낭의 무게만큼이나 마음은 부자가 되어 있을 것이다. 우리네 소풍의 목적지는 정해져 있지 않고, 얼마나 걸어야 하는지도 알 수 없다. 종착지도 정해져 있지 않다. 그저 신이 허락한 만큼 걷는 것이다. 함께 걷는 동무들과는 즐겁게 담소를 나누고 넓은 고목이 펼친 그늘 아래에선 먹고 마시고 쉬다 가자.

행복이 어디 있는가를 묻는다면 걷는 길 내내 우리를 축복해 준 푸른 하늘과, 맑은 강 도처에 있다고 답하겠다. 행복은 목적지에 없고 그저 걸어가는 여정에 있으니, 이 모두가 자연의 섭리다. 폭풍이 아무리 거세도 결국 고요와 적막이 찾아오고, 가슴 시린 사연도 세월 지나면 일장춘몽이다. 삶도 내 것이라 생각 마라. 잠시 머물다 가는 나그네 인생길이다.

나는 멋지게 늙고 싶다

　살면서 늙는 것을 두려워해 본 적은 없다. 자연의 순리이며, 생의 법칙이니. 지난 세월을 탓하고 원망해 본 일도 없다. 돌이킬 수 없으니까. 다만 추하게 늙는 것은 항상 두렵다. 기품 있는 매력적인 노인으로 남고 싶다. 경제적으로 자식에게 의존할 때 생활의 품위를 더는 지킬 수 없다. 자식에게 짐이 되어 눈치를 보며 살고픈 생각은 조금도 없다.

　추하게 늙는다는 건 이런 것이다. 살아온 삶의 가치가 아니라 그저 나이를 내세우며 대접받으려 하고, 지난날을 회한하며 울분을 버리지 못하고, 자존심만 남아서 누구에게도 지지 않으려 하며, 세상의 변화에 대해 공부하지 않고 낡은 지식을 가르치려 하며, 염치와 예의를 잃고 누가 보든 말든 고래고래 소리 지르며, 먹는 것과 같이 작은 일에도 욕심을 버리지 못하고 불만과 불평을 입에 달고 사는 노인이다. 젊음이 자랑이 아니듯, 늙음 또한 자랑이 아니다. 노인이 어른답지 못할 때 추해지는 것이다.

나는 멋진 노인으로 늙고 싶다. 육신의 노화는 어쩔 수 없다지만 정신의 젊음과 영혼의 순결성은 유지해서 청년의 눈빛으로 살고 싶다. 세상의 변화에 대해 늘 호기심 어린 눈으로 배우려 하고, 선한 온정으로 베푸는 데에 주저하지 않는 노인, 경제적 여유로 주변과 이웃을 살피고 늘 청결한 복장과 멋진 패션으로 낭만을 껴안고 살고 싶다.

뚜렷한 취미를 즐기고 운동하며, 나이를 내세우지 않고 질서와 도덕을 지키며, 늘 할 일이 많아 바쁜 그런 노인으로 살고 싶은 것이다. 그래서 늙으면 낡게 되어 세상에 호응하지 못한다는 세상의 편견을 몸소 바꾸고 싶다. 나도 저 노인처럼 늙고 싶다는 마음이 들 정도로 살고 싶다. 늙으면 짐이 되는 것이 아니라 본이 될 수 있다는 것을 보이고 싶다.

누군가 혹시라도 꿈을 물어본다면 젊은 시절의 꿈 말고 지금의 꿈과 계획을 당당하게 말하고 싶다. 그래서 하루가 다르게 늙는 대신 하루가 다르게 다시 젊어지는 '노년의 역설'을 완성하고 싶은 것이다. 남은 인생 여정에 사랑과 낭만까지 더해 늘 꽃다운 미소로 기억되는 노인이고 싶다.

황금기를 구가하라

●

저마다 생각하는 인생의 절정기는 다를 것이다. 낭만과 열정의 대학 시절을 꼽는 사람이 있는 반면, 사업적으로 크게 성장했던 40대를 추억하는 사람도 있을 것이다. 대체로 신체적으로 왕성하고, 정신적으로도 충만했던 젊은 시절을 꼽는 사람이 많을 것이다. 그것이 틀린 견해는 아니지만, 100% 정답이라고 보기도 어렵다. 인간의 신체적 절정기는 분명 젊은 시절이지만, 생활 조건을 생각하면 인생 황금기는 65세~75세 사이 그즈음이라는 말이 있다.

아이들을 모두 출가시킨 이후 60평생 일해서 마련한 경제력이 버팀목이 되어 주는 시기가 바로 노년의 문턱이다. 인생 30년을 가족을 위해 헌신했다면, 이제 남은 30년은 자신을 위해 사용할 수 있는 나이다. 생의 영욕을 경험한 터라 세상에 대한 혜안이 생기고 생활의 여유도 있는 나이다. 담담하면서도 열린 마음으로 남을 생을 아름답게 채워 나갈 일만 남았다. 이 찬란한 인생의 황금기를 허망하게 보내는 방법이 있다면, 쓸데없는 걱정과 회환으로 하루를 사는 것이다. 또 몸 관리를 잘 하지 못해 아름다운 들꽃을 보며 걷지 못하는 것이다.

65세가 되면 참된 즐거움이 무엇인지에 대해서도 통찰력을 얻게 된다. 젊은 시절엔 쾌락과 행복을 구분하지 못하고, 일에 쫓겨 항상 결핍된 상태에서 쫓기는 경우가 많다. 그래서 많은 40대 가장이 일 년에 한 번 주어지는 여름휴가조차 전투를 하듯 기력을 소진시킨다. 하지만 노년의 행복은 다르다. 무엇이 삶에 생기를 주고 오래가는 행복인지 안다. 그래서 노년의 즐김은 또 다른 깊이와 매력이 있다.

취미 생활에 대한 제한도 대부분 풀린다. 아이들 키울 때에는 주말도 가정에 헌납하고 집안일을 돕느라 제대로 된 취미 생활을 즐기지 못했다면 이제 진정한 낭만의 시대를 즐길 수 있다. 육중한 아메리칸 바이크 할리데이비슨을 타고 바람을 가르며 동해의 7번 국도를 질주하고, 추자도의 작은 배에 낚싯대를 걸고 강태공의 낭만을 즐기기도 하며, 속리산과 덕유산을 걸으며 중년 때 나온 뱃살을 빼고 단단한 몸을 만들기도 한다. 노년 65세는 이렇듯 모든 것이 갖추어진 황금기다.

이 황금기에 그늘을 드리우는 요소가 있다면, 지난날을 후회하며 자신이 못다 이룬 꿈을 자식이 대신해 주길 바라면서 쓸데없이 참견하고 걱정하는 것이다. 출가한 아이들은 품을 떠나 완전히 독립한 성인이다. 아이들에겐 아이들의 인생이, 나에겐 나의 인생이 있을 뿐이며 그 누구도 대신 살아 줄 수 없는 것이 인생이다.

후회하고 참견하기보다 당장 오늘 해야 할 일에 집중하라. 그것이 무엇이든 나에게 활력을 주고 삶의 재미를 준다면 최고다. 세월에 영혼마저 잠식되지 않도록 나를 위해 이 황금기를 잘 보내는 것이 참다운 인생살이다. 이 절정기를 생의 마지막 불꽃을 태우는 즐기는 사람이 현명한 사람이다. 오늘 놀 것을 내일로 미루지 않고, 오늘 도전하는 사람이 멋진 인생이다.

노신사의 품격

젊은이의 매력은 보통 주어진 것이지만, 노년의 매력은 대부분은 스스로 만든 것이다. 젊음은 아무 옷이나 걸쳐도 빛나는 머릿결과 윤기 나는 피부, 힘줄이 돋아난 근육과 맑은 눈동자로 인해 아름답다. 다만 그 젊음은 오래 지속되지 않는다는 것이 비극이다. 하지만 노신사의 품격은 그 사람의 연륜과 지혜, 성품과 같은 것들이 쌓여 만들어진다. 무엇 하나 살아가며 노력 없이 만들어진 것이 없다. 그래서 진짜다.

삶에 충실하면 매력과 능력이 생기고 이것이 노신사의 중후한 매력을 만든다. 그리고 유머 감각과 세련미와 같은, 사람의 본질적인 매력이 드러나기 시작한다. 경륜과 지혜가 쌓여 관대하고 인자한 미소를 가득 머금은 노신사. 센스 있게 옷을 골라 유행에 뒤처지지 않고, 매너로 무장한 노신사를 누가 쉽게 보겠는가. 품격 있는 노신사에 마음을 빼앗긴 젊은 여성의 로맨스가 자주 영화로 만들어지는 이유가 있지 않겠는가.

노년의 매력은 젊은 날의 그것과는 사뭇 다른 데에서 온다. 유머가 있되 경박하지 않으며 말을 적게 하지만 배려가 담겨 있고, 자신의 욕망보다 상대의 요구에 귀 기울이며 날카로운 지식이 아니라 둥글둥글 순한 듯 분위기를 화기애애하게 만드는 것이 노년만이 가진 매력이다. 인자하고 관대해서 쉽게 화내지 않고, 따뜻한 온정의 말을 건네는 지혜로운 현자이면서 결코 어렵게 보이지 않는 신사.

이런 품격은 그저 주어지는 것이 아니다. 그의 매력은 그의 인생에서 풍기는 향기와 같은 것이다. 머리가 벗겨지는 것은 어쩔 수 없지만, 배가 나오는 것은 충분히 관리할 수 있다. 머리야 멋진 중절모를 쓰면 매력적으로 꾸밀 수 있지만, 배는 소식하고 많이 움직여야 한다. 노년의 배는 생활의 치열성과 자기 관리의 엄격성을 보여 주는 하나의 징표이기도 하다.

하지만 이런 외모 역시 비본질적이다. 역시 노년의 멋은 생각과 처세에서 나온다. 세상에 대한 저주와 타인에 대한 험담으로 소중한 벗과의 술자리 시간을 죄다 허비하는 노인, 불평불만이 많지만 지갑은 열지 않고 입은 경박해서 함께 있는 것이 고역인 노인. 건강 관리를 소홀히 해서 늘 병으로 앓아 얼굴을 찡그리고 있는 노인은 별로다. 하루하루를 활력으로 채우며 일상을 예술 작품으로 만드는 노인의 삶을 동경한다. 그래서 젊음이 자연이 준 선물이라면, 노년의 매력은 스스로 만들어 낸 인생의 걸작이다.

나잇값을 하라는 말이 있다. 하지만 이 나잇값이 노년의 도전과 영혼의 젊음을 갉아먹는 말이 되어선 안 된다. 정신만은 젊고 순박해서 늘 감탄하고 감정이 충만한 노년이 진정한 젊음이다. 노신사의 매력을 위한 작은 실천 한 가지. 바로 미소다. 오랜 풍파가 나의 영혼 그 어느 곳에도 상처 내지 못한 것처럼 밝고 맑게 웃어라. 그것이 최고의 품격 중 하나다.

사랑하기 딱 좋은 나인데

●

얼굴이 먼저 떠오르면 보고 싶은 사람이고, 이름이 먼저 떠오르면 잊을 수 없는 사람, 지금 당장 보고 싶다면 사랑하는 사이란다. 사랑하면 예뻐지는 이유에 대해 전문가들은 충분한 근거가 있다고 말한다. 이성을 향하는 눈동자는 커지고 사랑하는 감정에 의해 엔도르핀과 도파민이 분비된다고 한다. 그래서 건조했던 피부에 생기가 생기며, 행복감으로 충만한 표정이 사람을 보다 아름답게 보이게 만든다.

나는 그중 사랑이 주는 행복감과 미소가 그 사람을 더 아름답게 보이게 만들 것이라고 생각한다. 팍팍한 세상 그래도 살아야 할 이유 단 한 가지를 대라면 그것이 바로 사랑일 것이다. 〈내 나이가 어때서〉라는 노래를 알 것이다. 노랫말 중 이런 대목이 있다.

눈물이 나네요 내 나이가 어때서 / … 어느 날 우연히 거울 속에 비춰진 / 내 모습을 바라보면서 세월아 비켜라 / 내 나이가 어때서 사랑하기 딱 좋은 나인데

쉬운 노랫말이지만 노년기가 겪는 일상적 감정을 잘 잡아냈다는 생각이 든다. 아침에 문득 거울 속에 비친 내 모습은 늘어진 피부에 광채 잃은 눈동자, 옥수수처럼 흰 뿌리를 드러내는 머리카락의 '매일 죽어 가는 노인'의 전형적인 모습일 수 있다. 20년 전에 '난 늙어도 저런 모습으론 늙고 싶지 않다'고 생각했던 바로 그 모습일 가능성이 크다.

그런데 몸은 낡아질 수 있어도 사람의 마음은 그렇지 않다. 연정은 더욱 깊어지고, 좋아하는 마음은 진심이 된다. 오늘이 지나면 무의미한 인생 속에 사랑마저 포기하고 살아야 할 이유가 어디에 있는가. 바로 곁에 동반자가 없다면 하루라도 빨리 제짝을 만나자.

사람은 제짝을 만날 때가 제일 행복하다. 이 광활하고 삭막한 세상은 둘만의 공간으로 재편되며, 그 공간 안에는 늘 생기 넘치는 봄바람이 분다. 캔디처럼 달콤하고 잘 익은 과일처럼 향기로운 로맨스는 제짝을 만나는 순간 시작된다. 풍부한 연륜과 깊은 눈빛으로 보통 노년기엔 상대를 잘 알아본다. 허세와 위선을 보이는 사람과 진실하고 소박한 마음을 간직한 상대를 구분할 수 있는 것이다. 혼자 누렸던 잠깐의 즐거움은 제짝을 만났을 때 갑절로 커지고 행복감도 오래간다.

얼마 전 ○○ 호수 둘레길을 걷다 나무다리를 건너던 노인 둘이 손을 꼭 잡고 서서 탄성을 내뱉는 것을 보았다. 아래에는 커다란 잉어 몇 마리가 입을 벌리고 있었다. 그들 곁을 지나치며 나도 모르게 웃음이 베어났다. 사랑은 이렇게 작은 일에도 감탄하게 만들고 웃게 만든다. 이러니 사랑을 안 하고 배기겠는가. 동반자가 없다면 평생 수절할 생각일랑 말고 좋은 짝을 만나 행복을 찾는 건 어떨까. 영혼의 제짝은 의외로 가까운 곳에 있을 수도 있다.

사랑은 위대하고 사랑은 기쁨이며 보람이고 관심이고 주는 것이다. 사랑이 없는 인생은 오아시스 없는 사막이다. 사랑이 있어 삶이 아름답다. 바로 지금이 가장 젊은 날이기에 사랑하기 딱 좋은 나이다. 사랑할 수 있는 사람을 만나자. 사랑의 동반자를 찾아 만나자. 사랑은 무한하다.

잘 죽기를 준비하기

노년이 되면 잘 죽을 준비를 해야 한다. 우리 사회에는 죽음이라는 것을 불길하게만 생각하고 되도록 마주 보지 않으려 하는 경향이 있다. 하지만 죽음은 대부분 예고 없이 찾아온다. 평소에 죽음을 응시하고, 잘 죽는 방법 또한 생각해야 한다.

잘 죽는다는 말은 끝까지 인간의 존엄성을 지키고, 자신의 뜻이 반영된 죽음의 형태를 뜻한다. 최근에는 수술이나 불의의 사고를 당했을 때 강제적으로 심장을 뛰게 만드는 연명 의료를 거부하고, 병원의 중환자실이 아닌 자신이 선택한 장소나 가족의 곁에서 죽음을 맞이하는 소위 '존엄사'에 대한 관심도 커지고 있다. 죽음 이후에 자신의 장기나 신체기관을 타인에게 기증하겠다는 기증서약도 많아졌다.

잘 죽는 것에 대한 관심이 환기된 이유는 불행하게 죽는 경우가 많기 때문이다. 그래서 노년이 되면 죽음이라는 단어에 민감해하며 부정적으로 고개를 돌릴 것이 아니라, 남은 생을 값지게 보내고 차분하게 떠날 준비를 미리 하는 성숙한 관점이 필요하다.

비록 큰 병에 걸려 시한부 여생만이 주어지더라도 남겨질 가족들과 나를 기억할 모든 이들에게 아름다운 내면의 강인함을 남기고 갔으면 좋겠다. 이렇게 보면 잘 살다 잘 죽는 것도 인생 실력이다. 사람들은 새로운 시작 앞에선 꼼꼼하게 계획을 세우고 집행하려 하지만, 막상 인생의 마지막 삶이 어때야 할 것인가에 대해서는 구체적으로 그려 보지 않는다. 멋진 노후를 준비하고 잘 죽는 것이야말로 한 사람의 인생 전체가 담긴 진짜 실력이다.

멋진 노년과 준비된 죽음은 서로 동떨어져 있지 않다. 장년까지 불꽃처럼 살던 사람들이 노년기를 얼렁뚱땅 허비하는 경우가 많다. 하지만 노후가 멋있어야 결국 인생이 아름다운 법이다. 자기 삶을 긍정하고, 끝까지 자신의 존엄성을 지키면서 후회 없이 사는 사람이 잘 사는 것이다. 사는 데에도 훈련과 노력이 필요하듯 잘 죽는 데에도 내공과 수양이 필요하다. 마음을 비우고 매일 수양해서 덕행을 쌓는 것은 좋은 죽음을 위한 저축과도 같다.

비록 몸이 고단해도 매일 운동을 하는 것도 좋은 죽음을 준비하는 것이다. 운동을 위해 시간을 내지 않으면 나중엔 병으로 그 갑절 이상의 시간을 써야 한다. 운동은 하루를 짧게 만들어 주지만,

인생은 길게 만들어 준다. 꾸준히 운동했던 사람은 임종을 앞두고도 고생이 적다.

우리는 죽는 날을 선택할 순 없지만, 품격 있는 죽음을 잘 준비하며 살아갈 수는 있다. 임종이 가까워질수록 차분하게 친구들에게 전화해서 "나 먼저 간다. 곁에 있어 줘서 멋진 인생이었었다, 친구."라고 말할 수 있는 여유로움을 가질 수 있길 바란다.

세월 이기는 장사 없다

세상에서 가장 무서운 것이 시간이다. 사람의 천적은 시간이고 세월이다. 시간은 오늘도 우리를 데리고 어디론가 떠나려 한다. 흘러가는 시간을 그 누가 멈출 수가 있을까. 이 땅에서 떠난 사람 중 시간의 물결을 거슬러 다시 돌아온 이가 있을까? 한 번 가면 다시 돌아올 수 없는 시간의 터널 속에 갇혀 버리는 것이 우리네 인생이다. 잘난 사람도 못난 사람도 결국 모두 시간 속에 묻히게 된다. 영웅호걸이나 절세미인도 그 누구도 다시 돌아온 사람은 없다.

권력이나 재물에 연연하지 마라. 세월 앞에 장사는 없다. 젊음도 노년도 세월이 무서울 것이다. 기왕 살아가려면 인간답고 가치 있는 길을 선택하자. 진지하게 사는 사람이 멋진 사람이다.

젊어서는 시간이 빨리 흘러가는 줄 몰랐다. 노년이 되어 보니 알겠다. 시간은 너무나 빠르고 보낸 세월을 바라보면 아쉬움만 남는다. 일 년 우물쭈물하다 보니 또 한 해가 가고 있다. 뒤돌아

보면 먼 길을 온 것 같은데, 희망·기쁨·외로운 고독 속에 걷다 보니 어느새 나이만 들어간다. 삶의 연륜에 걸맞게 생활하다 보니 젊은 시절의 뜨거웠던 열정과 삶에 대한 애착이 희석되고 생각만 많아진다. 흰머리가 늘어나면서 편협만이 자리하고 있는 듯싶다.

나를 해치는 사람은 남이 아니라 미움과 탐욕 그리고 원망하는 감정을 내려놓지 못하는 나 자신임을 깨닫는다. 내 인생길을 올바르게 가고 있는지 한 번쯤은 뒤돌아보며 살자.

70대는 인생의 갈림길이다

건강수명은 일상생활에 불편함 없이 건강한 삶을 누릴 수 있는 수명을 뜻한다. 즉 질병과 장애가 없는 상태인데, 한국의 건강수명은 73.1세라고 한다. 지금 70대가 예전보다 건강한 것은 영양 상태 개선 덕분이다. 의학의 발전으로 이제 단순한 감염이나 바이러스로 사망하는 사람은 많이 줄었다. 그 결과 평균 수명도 늘어나고 있다. 회춘하는 약과 방법이 있다고 한다면, 장기와 피부가 새롭게 생성되어 일시적으로 젊어질 수 있겠지만, 노화를 막을 순 없을 것이다.

일본에서 사망한 85세 이상의 노인을 해부한 결과, 대부분 알츠하이머 치매를 가지고 있었다고 한다. 70대 초반 연령대의 치매 발병률은 10% 이하였으나, 80대 노인들에겐 하나같이 치매가 찾아온다. 이렇게 보면 70대야말로 치명적인 노인병과 싸울 수 있는 마지막 시간이다. 80대 초반이 되면 무슨 일에도 의욕이 없고 사람 만나는 것조차 귀찮아져서 외출도 싫어진다. 이는 본인의 의지와 상관없이 생기는 일이다. 전두엽의 노화와 남성호르몬의 감소로 인해 뇌가 그렇게 명령하는 것이다. 그래서 70대에 80대의 건강을 미리 준비하고 질병을 예방하는 습관을 들여야 한다. 좋은 습관은 노화를 늦춘다.

사람이 80세를 산다면 26년은 잠자고 21년은 일하고 9년은 먹는 데 사용한다고 한다. 여기에 웃는 시간은 겨우 20일이다. 화를 내는 데 5년을 사용하고 기다림에 3년을 소비한다. 화를 내며 스트레스를 받는 데 5년을 사용한다니. 아마도 평소 스트레스 관리를 하지 못한 사람이라면 훨씬 많은 시간을 화난 상태로 소비했을 것이다.

대부분의 질병이 생활습관으로 인한 것이듯, 건강 역시 좋은 생활습관으로 얻을 수 있다. 70대에 준비해야 할 건강한 생활습관이 있다. 먼저, 젊은 시절 출퇴근했듯이 규칙적이고 좋은 생활습관을 유지해야 한다. 늙어서도 일하는 것이 좋다. 특히 운동이야말로 최고의 보약이다. 격렬한 운동보다는 느슨한 운동이 효과적이다. 햇볕을 쬐면 잠을 잘 잘 수 있고 매사에 의욕이 솟는다.

넘어지지 마라. 특히 내리막길과 계단에서 내려올 때 한 걸음 한 걸음 살피며 정성스럽게 걸어야 넘어지지 않는다. 고령자는 3주만 입원해도 금방 쇠약해진다. 고령자에게 다이어트는 금물이다. 심장 질환이 없다면 좀 통통해도 좋다. 고기를 먹자. 콜레스테롤은 행복물질을 생성하고 의욕을 만들어 준다. 세포를 튼튼하게 지켜 주고 고장 난 염증을 고치고 순환을 돕는 물질이 바로 콜레스테롤이다.

먹고 싶은 것이 있다면 참지 말고 먹자. 요리에 도전해서 새로운 음식으로 잠들어 있던 미각을 깨워 보자. 가공식품은 멀리하고 신선하고 좋은 재료로 만든 음식을 선별하자. 건강 드링크라고 함부로 먹지 말자. 의외로 간과 신장에 부담을 주는 성분이 많다.

어제와 같은 오늘을 살지 말고, 생활에 작은 변화를 주어 감각을 일깨우자. 자신의 지식과 경험을 나누자. 사람들은 신체적 자극과 즐거운 기분이 좋다는 것은 알고 있지만, 이것이 수명과 질병에 직접 영향을 준다는 것을 체감하지 못하는 듯하다. 큰 사고나 화나는 일이 생겨야만 스트레스가 쌓이는 것이 아니다. 변화가 없는 무료한 삶, 육신에 자극이 없는 어제와 같은 삶, 사람에게서 좋은 기운을 얻지 못하는 삶은 이미 스트레스에 점령당한 삶이다. 70대는 건강한 80을 준비할 수 있는 마지막 전선임을 잊지 말자.

감정이 늙음을 좌우한다

하늘이 아름다운 이유는 별이 있기 때문이고, 땅이 아름다운 것은 꽃이 있기 때문이다. 세상이 아름다운 것은 사랑이 있기 때문이고, 삶이 즐거운 이유는 친구가 있기 때문이다. 사람의 마음이란 좁게 만들면 바늘 하나 꽂을 곳이 없고, 넓히면 우주를 품어도 남는다. 사람은 몸이 먼저 늙는 것이 아니다. 사람의 감정이 늙음과 젊음을 좌우한다. 보통 사람들은 노화를 주름살로 알고 있지만, 인간의 노화는 지력이나 체력보다 감정에서 시작된다는 것을 알아야 한다.

노화의 최고 권위자인 일본의 와다 히데키 교수는 연구 결과, 사람의 노화는 감정에서 먼저 시작된다는 것을 알아냈다고 했다. 감정이 늙어 가는 징조는 다음과 같다.

- 웃음이 사라졌다.
- 눈물이 메말라 간다.
- 아름답다는 생각을 못한다.

– 표정이 어둡고 사나워진다.

젊은이들 중에도 감정이 메마른 사람이 있는데, 그런 사람은 노화가 빨리 진행될 확률이 훨씬 높다. 여자가 남자보다 오래 사는 이유는 공감능력과 감성이 뛰어나고 자기감정에 솔직하기 때문이라고 한다. 빨리 늙고 싶지 않으면 많이 웃고, 많이 울고, 많이 감탄하고, 많이 즐거워해야 한다. 그런 사람이 늙어도 곱게 늙는다고 한다.

감정이 풍부한 사람이 더 건강하고 더 아름답고 더 오래 산다니. 이것이야말로 일석이조 아닌가? 내면의 아름다움이 육신의 건강함까지 주니 말이다. 매 순간 열정을 다해 살다 우아하게 늙어 가는 것이야말로 모든 만년의 소망 아니었던가.

인간은 사명적 존재다

나는 이 세상에 태어나고 싶어서 태어나지 않았다. 어떤 운명과 존재가, 어떤 알 수 없는 힘이 나를 이 세상에 내던져 태어난 것이 바로 나다. 생물학적 탄생이고 어떤 운명적 작용의 결과다. 불가사이하다. 결국 우리는 이 세상에 내던져진 존재다.

인간은 타의에 의해 태어나 타의로 끝난다. 탄생도 죽음도 모두 어떤 타의에 의한 것이다. 사람은 사랑을 위해 산다. 한 남자가 한 여성을, 한 여성이 한 남자를 뜨겁게 사랑할 때 새로운 세계가 열린다. 사랑처럼 강하고 뜨거우며 아름다운 희열이 없다. 사랑은 강하다. 어떤 사랑은 죽음보다 강하다. 신이 인간에게 준 축복 중 가장 큰 축복이 바로 사랑이다.

사랑 때문에 파멸되는 경우도 많다. 사랑 앞에는 양심도 침묵하고 이성도 무력하고 도덕도 빛을 잃고 체면도 무너진다. 치명적 사랑은 타오르는 불과 같아서 감정이 내 모든 것을 태우지 않도록 슬기롭게 관리해야 한다. 충만한 사랑을 할 때, 우리는 새로운 생을 경험한다.

인생의 종지부는 죽음이다. 나의 모든 것을 버리고 무로 돌아간다. 사랑하는 모든 것과 영원히 이별이다. 죽음 앞에서 우리는 허무함과 공포심으로 절망한다. 죽음은 예외 없이 우리를 찾아오고 예고 없이 엄습한다. 죽음은 생의 종말이다. 죽음 앞에 선다는 것은 허무와 한계 앞에 서는 것이다.

여기 시대를 불문하고 사람들을 당혹하게 만들었던 질문이 있다.

"사람은 왜 사는가?"

19세기 허무주의자들은 사람이 태어난 이유란 없고 태어났기 때문에 살아야 하며 그 삶은 고통이라 죽음만이 해방이라고 노래했다. 하지만 고대부터 지금까지 우린 자신이 태어난 어떤 이유를 찾는다. 그것이 삶의 완성이기 때문이다.

인간은 사명적 존재다. 나의 생명이 나의 사명을 만날 때 나의 의미와 가치를 깨닫고 성숙한 자아로 성장한다. 인간 생애 최고의 날은 자기 사명을 깨닫는 날이다. 사명을 자각할 때 나는 비로소 '진정한 나'가 된다. 이것이 내가 살아가는 이유다.

사람은 미완성이다

세상에 완벽한 사람은 없다. 사람은 실수를 통해 배우며 미숙함을 채워 갈 뿐이다. 사람이 유한한 존재인 이유는 죽을 때까지 배우도록 하기 위함이고, 신이 인간의 죽을 때를 미리 알려 주지 않는 이유 또한 불확실한 삶 앞에서 끝없이 겸손하라는 뜻 아닐까.

완벽과 완성을 추구하지만 끝내 완성하지 못하는 존재가 바로 사람이다. 사람의 유한성은 그 자체로 사람을 아름답게 만드는 요소이기도 하다. 유한하기에 필사적으로 노력하고 죽는 순간까지 자신이 소망하는 것을 위해 노력한다. 사람의 아름다움은 이 과정에서 발산된다.

사람이라는 존재가 미완성이며, 누구도 완벽할 수 없다는 말은 거대한 우주 또는 광활한 자연 앞에서 더욱 실감할 수 있다. 인간은 그럴 때 자신의 존재를 자각하고 겸손해진다. 우리가 완전할 수 없기에 늘 성장하고 있다는 사실 또한 잊어선 안 된다. 누구나 배워야 하며 성장하기 위해 협력하고 지원해야 한다.

사슴은 태어나자마자 서고 얼마 후 들판을 뛰어다닌다. 하지만 사람의 첫걸음마는 첫돌을 지나야 이뤄지고, 홀로 생존하기까지 20여 년의 세월이 필요하다. 가장 취약한 존재로 태어나 죽을 때까지 사회적 학습을 해야 하는 존재. 이것이 바로 사람의 숙명이다.

사람의 성장에는 칭찬이 필요하다. 칭찬에는 돈이 들지 않으며, 돈을 들인 것보다 월등한 효과를 낸다. 청소년과 청년들에게 하는 칭찬은 그들에게 자신의 강점을 더욱 연마하고 꿈을 꾸게 하는 힘을 준다. 협력하는 이들에게 전한 칭찬은 사업에서의 열성과 월등한 결과물로 돌아온다. 사람의 능력을 최대한으로 확장시키는 힘이 바로 칭찬에 있다는 점을 알아야 한다.

겸손과 정직은 미완성인 사람을 그 자체로 멋져 보이게 만든다. 누구나 모자라지만 겸손한 이에겐 그 부족함이 결함으로 보이지 않고, 실수를 정직하게 인정하는 사람에겐 호감마저 느끼는 것이 사람이다. 겸손하고 정직한 사람은 자신의 능력에 더해 사람들의 호의와 도움을 자연히 얻게 된다. 주변인이 그를 지지하며 부족한 것을 채워 주려 하는 것이다. 늘 미완성과 결핍을 인정하는 것. 이것이 바로 삶을 올바르게 살아 내는 태도이기도 하다.

미완성이기에 우리는 배워야 하고, 완전한 말 대신 미완성이지만 정직한 언어를 사용해야 한다. 명언만 모아 놓으면 좋은 말이 무엇인지 분간하기 어렵지만, 자신의 삶에서 나온 평범하지만 정직한 말은 듣는 이의 무릎을 치게 만든다.

하찮고 평범하게 보인다고 무시할 것이 아니라 이 하찮은 것들이 나를 이루고 있음을 잊지 말아야 한다. 이것은 사람에게도 적용된다. 나와 함께 일하는 이들 중에 하찮은 일을 하는 사람은 없다. 이들 모두가 모여 하나의 거대한 목표를 수행하고 있음을 지혜로운 사람은 알고 있다. 결국 겸손과 정직, 존중이라는 가치가 미완성인 우리 삶을 보다 온전한 방향으로 채워 가고 있는 것이다. 미완성에서 아름다움을 발견하게 되는 이유가 바로 여기에 있다.

세상에 영원한 것은 없다

●

해가 뜨면 그게 아침이고, 해가 지면 그때가 저녁이다. 낮과 밤은 결국 공전하는 지구와 태양이 결정한다. 이렇듯 사람의 인생역시 의욕이 아니라 순리에 따라 정해지는 경우가 많다. 돈의 가치 역시 상대적이라 오직 주인의 뜻에 따라 그 가치가 정해진다. 몸이 지치면 짐이 무겁고 마음이 지치면 삶이 무겁다.

욕심은 채울수록 커지고 미움은 미워할수록 쌓인다. 수문을 열어야 가둔 물이 흐르듯 사람은 마음을 열어야 정이 흐른다. 몸은 하나의 심장으로도 살아갈 수 있지만, 온전한 마음은 심장과 양심으로 유지된다. 침묵이 말보다 값지고 우위에 있다는 것을 알아야 한다. 함부로 말하면 상대에게 상처를 줄 수 있기에 말은 항상 뱉기 전에 생각해야 한다. 관계가 망가지는 대부분의 요인이 말로 인한 것이기에 대인관계에서는 말조심만큼 중요한 것이 없다.

세상에 영원한 것은 없다. 모든 것은 변하고 연결되어 있다는 것이야말로 만고의 진리다. 무성한 나뭇잎도 세월 따라 낙엽이 되고 화려했던 꽃도 언젠가는 떨어지고 만다. 우리네 인생 역시 피어난 후엔 필연적으로 져야 한다.

세월 따라 곁에 있던 친구들 하나둘 떠나가며 인생길이 한적해진다. 나이가 들면 어느 순간 젊은 시절이 그립다. 흘러가는 시간이 아쉬워 가끔 허공만을 바라볼 때도 있다. 세상 영원한 것이 없기에 곁에 있는 사람이 더욱 소중해지는 것이다. 어쩌겠는가. 이 또한 자연의 섭리인 것을. 우울한 날에는 하늘에 기대고, 슬픈 날에는 가로등에 기대고, 기쁜 날에는 허공에 기대어 소리치며 너털웃음을 터뜨리자. 그리고 걸음이 무거우면 곁의 친구들에게 비스듬히 기대어 가자.

몸보다 먼저 늙는 것

●

어느 해 가을 나는 노랑, 빨강 원색의 모자에 코트를 걸치고 단
풍길을 걷는 멋진 노년기의 여성들을 만났다. 단풍잎이 가을 햇
살을 튕길 때마다 환호성을 지르며 웃는 그녀들의 모습에서 나는
'소녀'를 보았다. 이렇듯 아직도 떨림을 느끼는 청춘이지만, 육체
적 노쇠함만을 보고 마음마저 늙어 버린 줄 아는 이들도 많다.

대부분의 노인들은 육체적 연령과 정신적 연령의 부조화를 버
거워한다. 육체가 노쇠해도 정신은 푸른 사람들이 즐비하건만,
나잇값만큼 행동거지도 중후하고 근엄하게 행하라는 사회적 시선
이 있기 때문이다. 여전히 뛰고 있는 청춘의 심장을 숨기고 살라
고 말하는 듯하다. 그럴 때 노인은 정말로 늙는다.

청춘이란 인생의 특정 기간이 아니다. 청춘이란 마음의 상태일
뿐이다. 나이를 더해 가는 것만으로 사람은 늙지 않는다. 감정과
열정을 잃어버릴 때 사람은 늙는다. 마음이 청춘이면 몸도 청춘
일 뿐, 나이는 문제가 되지 않는다. 나이는 숫자에 불가하기에 나

이에 연연해서는 안 된다.

　노후에도 뇌세포는 증식하고 질 높은 수면과 소식하며 활동하는 사람은 영특해진다. 죽는 날까지 공부해야 하는 이유가 여기에 있다. 젊게 살려면 일을 해야 하고 새로운 문화와 물질을 두려워하지 말아야 한다. 다른 사람을 도우며 사는 것이 젊게 사는 길이다. 항시 마음을 젊게 끊임없이 새로운 일에 도전하고 바쁘게 사는 것이 젊음과 장수의 비결이다.

　25세까지는 봄, 50세까지는 여름, 75세까지는 가을, 100세는 겨울이라고 말하지만, 사람의 마음은 계절로 결정되지 않는다. "나는 늙었다. 무능하다. 늙었기에 더는 할 수 있는 일이 없다. 이 나이에 무슨…." 이런 말을 되뇌는 것이야말로 뇌를 죽게 만든다. 세상 이치를 다 아는 것처럼 말하고 인간의 섭리에 통달한 것처럼 시큰둥하게 말하는 것도 육체적 노화를 가속하는 버릇이다. 청춘이 아름다운 이유는 호기심 어린 눈과 편견 없는 마음 때문이다.

　"나는 청춘이다!"

아침에 일어나면 매일 이렇게 외쳐 보자. 정말 청춘이 된다.

노후의 적은 무료함이다

'할 일이 없고 생활에 변화가 없어서 심심해 죽을 지경.'

우린 이를 무료하다고 한다. 무료한 삶은 일상에서 벗어나 몸과 마음을 온전히 치유하는 '쉼'이라는 개념과는 달리, 그저 재미없고 따분한 삶을 일컫는다. 무료함은 사람을 지치게 만든다. 하릴없이 무사태평한 삶은 삶의 의미마저 앗아 간다. 빨리 늙고 부정적 감정에 휩싸이며 빨리 죽게 만드는 것 역시 무료함이다.

은퇴 이후의 삶에 대한 기획이 필요한 이유 역시 노년기에 필연적으로 찾아오는 이 삶의 공백, 무료함 때문이다. 살아갈수록 삶이 무의미하게 느껴지고 답답함과 통한만이 남는다. 노후를 잘 보내려면 무료함에 대한 대비책이 필요하다.

정신없이 달렸던 젊은 시절에는 필요 없었던 고민이 황혼기에 덜컥 찾아온다. 우리나라 노인의 70%가 소일거리가 없어 맹목적인 노후를 보내고 있다고 한다. 하루를 비생산적으로 살고 시간을 소모하면 사람을 더 빨리 늙게 한다고 한다.

하루 종일 TV만 보고 시간을 보내는 습관은 운동 부족 문제도 만든다. 소파에 누워 TV를 보는 사람이 더 빨리 늙고 무료하게 생활한다. 머리도 쓰고 적당히 운동을 해야 하는데, 움직이지 않고 머리도 안 쓰니 몸과 마음이 모두 노쇠해지는 것이다.

유튜브 등의 동영상 콘텐츠에 중독되어 일상을 빼앗겨 버리는 것도 문제다. 습관적으로 동영상 등을 시청하다 보면 생각하는 힘이 줄어들고 단기적인 쾌감에 더욱 빠져들게 된다. 연구 결과에 의하면 TV, 동영상 콘텐츠, 게임 등에 시간을 많이 쓰는 사람들의 활동력과 운동량은 동일 연령대에 비해 평균 이하였다고 한다.

일부 사람들은 시사평론이나 인문교양과 같은 지식 콘텐츠를 동영상으로 보는 것이 뇌와 지식에 도움이 된다고 믿는다. 하지만 동영상 콘텐츠를 통한 정보의 습득은 책을 통해 얻는 주체적 정보 활동에 비해 수동적이며 뇌 활성화에도 도움이 되지 않는다고 말한다. 또한 유튜브 알고리즘에 의해 일방적이며 편향적인 정보를 얻을 가능성이 많다고 지적한다.

영상 콘텐츠 시청 시간을 줄이고 밖으로 나가 사람을 만나거나 걸어야 한다. 하루에 6,000보 이상은 무조건 걸어야 한다. 걸으면 기분이 전환되고 부정적으로 몰두했던 생각에서 벗어나 새로운 생각을 할 수 있다. 이러한 육체 활동은 당연히 뇌를 활성화하는 데 도움이 된다.

책을 읽고 채팅 등을 통해 사람들과 소통하는 것도 필요하다. 펜을 꺼내 들어 오랫동안 쓰지 않았던 손 편지를 써 보는 것도 좋다. 먼 산을 보거나 집 안을 서성거리기보다는 설거지를 하고 빨래를 하고 어지러운 가구와 집기 등을 정리하며 시간을 보내는 것도 좋다. 가장 좋은 것은 유사한 취미와 취향을 가진 친구를 만들어 함께 시간을 보내는 것이다. 인생 후반전의 성패는 결국 생활을 얼마나 꼼꼼히 설계해서 자신의 몸과 뇌를 깨우느냐에 달려 있다.